不死身の特攻兵

軍神はなぜ上官に反抗したか

鴻上尚史

講談社現代新書

2451

第２章については、著作権継承者の許可を得たうえで、高木俊朗『陸軍特別攻撃隊』上巻・下巻（文藝春秋）に準拠して記述しました。

はじめに

ある本の小さな記述によって、「９回特攻に出撃して、９回生きて帰ってきた」人のことを知りました。

その人は、陸軍の第一回の特攻隊のパイロットでした。

海軍の第一回の特攻隊は『神風《しんぷう》特別攻撃隊』と名付けられ、零戦《ゼロ》に２５０キロ爆弾を装備して体当たりしました。陸軍の第一回の特攻隊『万朶《ばんだ》隊』は、九九式双発軽爆撃機《きゅうきゅうしきそうはつけいばくげきき》に８００キロの爆弾をくくりつけて、体当たりするものでした。

それでも、９回出撃して、体当たりしろという上官の命令に抗《あらが》い、爆弾を落として、９回生きて帰ってきた人がいました。名前は佐々木友次《ともじ》。その時、彼は21歳の若者でした。

いったい、どうしてそんなことが可能だったのか。生きて帰ってきた時、上官や仲間達を含めた周りの反応はどうだったのか。

知りたいと思いました。けれど、それはすでに遠い過去、歴史の遠景になっているだろうとあきらめていました。ですが、佐々木さんは生きていました。92歳で札幌の病院に入院していましたが、意識も記憶も明瞭でした。

僕は5回、直接お会いし、いろんな話を伺いました。

そして、小説『青空に飛ぶ』（講談社）を書き、2017年8月に出版しました。それは、フィクションとノンフィクションの合体作で、いじめられている中学2年生の少年が、実在した元特攻隊員に会うという設定にしました。単独で元特攻隊員の物語にするよりも、より広い範囲の人が興味を持ってくれて、さまざまな人に届くと考えたからです。

ですが、9回出撃して、9回生還した佐々木さんそのものの本も出したいと思いました。小説に載せられなかったインタビューや特攻に関する僕の思いや考えも書きたかったからです。

なにより、小説とノンフィクション、二つの形で本にすることで、元特攻隊員、佐々木友次さんの存在をさらに広く伝えることができると思いました。

9回出撃して、9回生きて帰ってきた佐々木友次さんをたくさんの日本人に知ってほしい。佐々木友次さんという存在を歴史の闇に埋もれさせてはいけない。佐々木友次さんが何と戦い、何に苦しみ、何を拒否し、何を選んだか。そして、どうやって生き延びたか。生き延びて何を思ったか。一人でも多くの日本人に知ってほしい。

それだけを思って、この本を書きました。

目次

第1章　帰ってきた特攻兵

生き残った特攻隊員

2009年に出版された一冊の書物を読んだことがすべての始まりでした。『特攻隊振武《しんぶ》寮　証言・帰還兵は地獄を見た』(講談社)。

この本で知った「佐々木友次」という名前は忘れられないものになりました。

まず、本の内容自体が、衝撃的なものでした。アジア・太平洋戦争中に、福岡県福岡市に「振武寮」と呼ばれる、生還した特攻隊員だけを集めた寮が存在したこと、そこで行われていたさまざまなこと、が主要なテーマのひとつでした。

著者は、元陸軍少尉であり元特攻隊員の大貫健一郎氏と、大貫氏の体験を元に番組を創ったNHKディレクターの渡辺考氏。

大貫氏は、ミュージシャンの大貫妙子さんの父親であり、彼女と何度かテレビなどで仕事をした僕は、余計に大貫氏の体験が切実に迫りました。

本の前半は、大貫氏がどうやって特攻隊員になったのか、選ばれた時に何を感じたのか、出撃の時の気持ちはどうだったのか、志《こころざし》半《なか》ばで不時着した心情などがリアルに丁寧に書かれています。

また、NHKディレクターの渡辺氏が、大貫氏の個人的体験を補完する形で、時代背景や特攻の全体像などを詳しく説明しています。

鹿児島県の知覧《ちらん》飛行場から、特攻機で沖縄の海に向かって出撃した大貫さんは、待ち構えていた米軍のグラマン戦闘機に迎撃され、命からがら徳之島に不時着します。その後、喜界島《きかいじま》に渡り、九死に一生を得て、ようやく福岡に戻りました。

すぐに代わりの特攻機が与えられ、再び、沖縄に向かって出撃するのかと覚悟していた大貫さんや他の特攻隊員達は、福岡市内にあった第六航空軍の司令部の中庭に集められます。

彼らを迎えた倉澤清忠《きよただ》少佐は開口一番、

「なんで貴様ら、帰ってきたんだ。貴様らは人間のクズだ」と、怒鳴りました。

「そんなに命が惜しいのか。いかなる理由があろうと、突入の意思がなかったのは明白である。死んだ仲間に恥ずかしくないのか」

炎天下の中庭で大貫さん達、喜界島からようやく戻ってきた28名の特攻隊員は30分近く罵られ続けました。

そして、次の日、大貫さん達は真新しい看板に黒のペンキで、「振武寮」と書かれた寮に軟禁されます。それは私立福岡女学校の寄宿舎だった建物で、周囲には鉄条網が張り巡らされ、銃を持った衛兵が入り口に立っていました。外出はもちろん、手紙も電話も禁止され、外部との接触は一切断たれました。また、先に入寮している隊員との会話も厳禁でした。

つまり、「振武寮」は、死ななかった特攻隊員を、外部に知られないように軟禁する場所だったのです。

振武寮という地獄

「死ななかった」理由はさまざまあります。

多いのは、エンジントラブルなどのなんらかの機体不調が原因の不時着ですが、他にも悪天候、アメリカ機の迎撃からかろうじて逃げたり銃撃を受けての不時着や、敵艦船を発見できないまま出撃基地に戻れなかった場合などがあります。もちろん、死にたくないという気持ちや恐怖に負けて、わざと事故を起こしたり、不時着した人もいたのでしょう。そうとしか思えないパイロットを一人、大貫さんは目撃しています。

「振武寮」には、他にも、特攻基地まで行ったものの飛行機の故障などで出撃そのものができなかった特攻隊員や、福岡で代替機を待つ間の態度が自堕落《じだらく》だと倉澤少佐に咎《とが》められて送り込まれた人達もいました。

大貫さん達喜界島から戻った28名は毎日、「卑怯者!」「おまえら人間のクズだ。軍人のクズ以上に人間のクズだ」と罵声《ばせい》を浴びながら、『軍人勅諭《ちょくゆ》』を書き写すことを命令されました。「なぜ生きて戻ってきたのか」という反省文を書かされたこともありました。『般若心経』を筆写しろという命令もありました。

不時着は不可抗力だから反省のしようがない、こんなことをするぐらいなら、早く次の特攻機が欲しいと大貫さんが訴えると、激しく竹刀で殴られました。

陸軍の正式な記録には一切残っていない寮です。経験した人が声を上げないと、歴史の闇に埋もれてしまう「事実」なのです。

大貫さんは、すでに自分の戦死公報が親元に届けられていたことが、『振武寮』に送られた大きな理由だったのではないかと考えています。特攻隊員が生きて帰ってきたことを他の兵隊達が知ってしまうと戦意が鈍る、だから隔離しなければいけないという一番の理由に加えて、死んだと発表した以上、極力、人目にさらしたくなかったのではないか、ということです。

やがて、大貫さんは「沖縄作戦」ではなく「本土決戦」のための特攻隊員として、振武寮を出る命令を受けます。振武寮の毎日の「教育」によって特攻精神に溢《あふ》れる軍人に生まれ変わったと判断されたのか、本土決戦が迫って人目から隠している場合でなくなったのか、理由は分かりません。

寮を出る時、倉澤少佐は整列している大貫さん達に、「特攻全体の士気の問題に関わるから、出撃して生還したこと、振武寮にいたことはいっさい他言を禁ず」と訓示しました。

第一回の特攻隊

興味のある方はぜひ『特攻隊振武寮　証言・帰還兵は地獄を見た』をお読みいただきたいと思うのですが、この本の中で、特攻隊の始まりがＮＨＫディレクターの渡辺氏によって解説されています。

海軍の第一回の特攻隊として報道されたのは、世界的にも有名になった『神風特別攻撃隊』の『敷島隊』です。１９４４年（昭和19年）10月25日のことでした。

そして、陸軍の第一回の特攻隊『万朶隊』は、海軍より２週間と少し遅れた11月12日に出撃します。

海軍、陸軍ともに、一回目の特攻隊は、優秀なパイロットが選ばれました。絶対に「特攻」という攻撃を成功させ、輝かしい戦果を上げる必要があると司令部が判断したからです。

しかし、優秀であればあるほど、技術にプライドがあればあるほど、パイロットは怒り、苦悩しました。

出撃した佐々木友次伍長《ごちょう》は、「戦艦」一隻を撃沈したという輝かしい戦果を報道されます。天皇にまで報告され、佐々木伍長は軍神として褒《ほ》めたたえられました。

が、佐々木伍長は生きていました。体当たりではなく、急降下爆撃を試みた後、不時着していたのです。戻ってきた佐々木伍長に、司令部は何度も出撃の命令を出し、参謀は「必ず体当たりしろ」と強く求めました。

が、佐々木伍長は、命令を拒否して爆弾を落としました。

著者の渡辺氏は特攻隊の始まりをさらに解説するのですが、佐々木伍長に関する描写は、以下の文章で終わります。

「ところで佐々木伍長だが、周囲が死に追い立てるのをあざ笑うかの如く、八度の出撃にもかかわらずことごとく生還している」

……僕はこの文章に衝撃を受けました。こんな日本人がいたんだ。それも、陸軍の第一回の特攻隊員に、8度も出撃しながら生きて帰ってきた人がいたんだ、体当たりではなく爆弾を落とすことにこだわったパイロットがいたんだ。

『振武寮』も衝撃でしたが、僕には佐々木友次という存在が圧倒的でした。

(ちなみに、この本では佐々木さんは8回出撃したことになっています。ウィキペディアでは9回以上と記述されています。どういうことなのかは、後述します)

佐々木さんはどうしてこんなことができたんだろう。あの時代に何を考えていたんだろう。周りの軍人は佐々木さんをどう思っていたんだろう。

疑問は膨らみ続けました。

旅の始まり

本を読んだのは出版された2009年でした。それ以来、「佐々木友次」の名前は頭から離れることがありませんでした。

毎年、春が終わりかけると、テレビ局のプロデューサーやディレクターから「鴻上さん、なにか終戦特番に相応《ふさわ》しい企画、ないですか？」と話しかけられます。テレビマンの習性というか、とにかく、誰にでも話を投げかけてネタを集めるという行動です。

そのたびに、僕は佐々木友次さんの名前を出しました。

誰もが、「面白そうですね」とまず答えました。ですが、そこから番組創りに動いた人はいませんでした。広く知られている特攻隊のイメージとあまりに違うからか。「国のために穏やかに微笑んで出撃した」のではない特攻隊員を描くことがどこかで問題になりそうだからか。死ななかったという結果が地味で番組にならないと思ったのか。理由は分かりませんが、誰も具体的には進めようとしませんでした。

毎年、佐々木友次さんの名前を出して6年たちました。焦りましたが、何も始まりませんでした。

2015年の春、BS朝日の『熱中世代』という番組の上松道夫プロデューサーに、佐々木友次さんのことを話しました。『熱中世代』は、僕自身が司会をしている番組なので、上松プロデューサーとは親しい関係になっていました。

上松氏は、「面白そうですね」と瞳を輝かせ、「ちょっと調べてみますよ」と思案《しあん》する顔をしました。ここまではいつものテレビマンの反応だったので、僕はあまり期待することもありませんでした。

5月になって、『熱中世代』の収録のために六本木のテレビ朝日に行くと、上松氏が待っていました。

上松氏は、佐々木友次さんのことをいろいろ調べたと早口で言いました。

そして、急に真剣な顔になって、僕を見つめました。

「鴻上さん」

声が少し興奮していました。

「佐々木さん、生きてますよ」

僕は思わず、テレビ朝日のロビーで叫んでいました。

佐々木友次さんへの旅が始まった瞬間でした。

生きているとは夢にも思わなかった自分が愚かだったと恥ずかしくなりました。戦争のことは遠い過去のことだというなんとなくの諦めというか歴史の一部だという決めつけが無意識にあったのだと思います。少しでもその可能性を考えないまま、6年の間、何をしていたんだと自分の浅はかさと怠惰を責めました。

上松プロデューサーは、まず、僕も読んでいた『陸軍特別攻撃隊』（高木俊朗　文藝春秋）を入手しました。後で触れますが、佐々木友次さんについて最も詳しく書かれた本です。

この本に、佐々木さんの生まれ故郷が紹介されていました。

テレビ取材

佐々木さんは、1923年（大正12年）6月27日に、北海道の当別村に生まれました。現在の当別町です。

上松氏は、5月、当別町の町役場にいろいろと問い合わせ、佐々木さんは生きているという感触を得ます。6月、当別町に飛び、付近の住人にいろいろとインタビューをして、佐々木さんは生きて札幌の病院に入院していることを突き止めるのです。7月、番組のための周辺取材や陸軍一回目の特攻隊『万朶隊』の岩本隊長の御遺族へのインタビューをすませた後、上松氏は、佐々木さんの入院している病院に行き、面会を申し込みます。

最初、佐々木さんは「特攻隊の話はもういい」と拒否していたのですが、『万朶隊』の岩本隊長の遺族である息子さんから佐々木さんへの伝言を伝えると、佐々木さんは態度を変えました。彼からの「お元気ですか」という言葉に、佐々木さんは心を開き、ぽつぽつと話し始めます。病院の外にはカメラマンを待機させていましたが、上松プロデューサーは、咄嗟《とっさ》にアシスタントの御手洗《みたらい》志帆さんに家庭用の小型ビデオカメラを回すように指示しました。

佐々木さんは目が不自由になっていて、歯もかなり抜けていたので、言葉は少し聞き取りにくい状態でしたが、意識はしっかりしていて、ちゃんとインタビューに答えられました。

そして、上松プロデューサーは、このインタビューも使いながら、2015年8月14日に、『いま、言い伝えるべきこと〜70年目の証言〜』という「スーパーJチャンネルSP終戦70年特別企画」の枠で『還ってきた〝軍神〟』という30分ほどの番組を創りました。僕は「なるほど、団塊の世代を生き抜いたベテランのテレビマンはこんなにタフで仕事が早いんだ」と唸《うな》りました。

佐々木さんに会いたい

僕もすぐに札幌に会いに行きたいと思いましたが、8月下旬に新作の舞台公演が控えていて、全く時間がありませんでした。じりじりとした思いで東京公演を終え、9月18日、香川公演の真最中に、高松空港から札幌へ向けて飛びました。

いよいよ会えると、ドキドキしながら病院に行くと、病室に佐々木さんの名前はありませんでした。女性看護師さんは、個人情報ですからと、何も説明してくれませんでした。ただ、回復して退院したのではなく、転院のようだというニュアンスは感じました。

当別町の関係者に当たりましたが、新しい病院は誰も知らないようでした。万策尽きたかと思った時、また、上松氏から連絡がありました。佐々木さんの息子さんの名前をネットで検索して、それらしい人物を突き止めたというのです（息子さんの名前の由来については後述します）。

僕は思い切って、息子さんだと思われる男性に手紙を書くことにしました。住所は、男性が勤める職場でした。

もし、佐々木友次さんの息子さんでしたら、お父さんとお話をさせてもらえないでしょうか。私はお父さんにとても興味があります。決してご迷惑をかけるつもりはありません。病院を教えてくださいませんか。

しばらくして、息子さんと思われる男性から、直接、電話がかかってきました。念のために手紙に僕の携帯番号を書いていたのです。

男性は、確かに息子の佐々木博臣《ひろみ》だと名乗られました。博臣さんは、幸いなことに僕のことを知って下さっていて、自分は今、神奈川県に住んでいるのだが、今度札幌の病院に父親に会いに行くので、聞いてみるとおっしゃって下さったのです。

札幌の病院で

2週間ほどして、博臣さんから連絡がきました。

電話口の博臣さんは、申し訳なさそうに、「父は『もう話したくない』と言っている」とおっしゃいました。僕は一瞬、呆然としましたが、「話を伺えなくても、一目だけでもお会いしたいのです」とお願いしました。

博臣さんは、戸惑い、ためらったようですが、「それでは、一応、病院名だけはお伝えします。会ってもダメかもしれませんよ」とおっしゃって下さいました。

僕は深く感謝の言葉をのべて、さっそくスケジュールの調整に移りました。

そして、2015年10月22日、僕は札幌に一人で飛びました。

病院は、札幌駅から電車で15分ぐらいの場所にありました。入院病棟専用の玄関を入り、靴を下駄箱に入れ、案内表示を見つめて、2階の階段に進みました。消毒薬の臭いが漂っていました。2階に上がれば、それに少し糞尿の臭いが加わりました。

目の前に廊下が延びていました。すぐ左側は看護師さん達の詰め所のようでした。その先、廊下にそって右側には病室が並んでいました。

各部屋には開け閉めするドアはなく、ベッドが3つ、奥の窓に向かって廊下と平行になるように配置されているのが見えました。老人のうめき声がどこかの病室から聞こえていました。

ゆっくりと入り口に表示されている名前を見ながら廊下を進みました。

どのベッドにも高齢の老人が横たわっていました。

「なんですか?」

突然、後ろから声をかけられました。振り向けば、女性看護師さんが近づいていました。

「あの、佐々木友次さんにお会いしたくて」

僕は自分のドキドキを悟られないように、必死に冷静に答えました。

女性看護師さんは、お見舞いならノートに名前や関係などを書くように、と言った後、

「佐々木さんは3つ目の部屋の一番手前ですよ」と教えてくれました。

手続きを終えて、ゆっくりと廊下を進むと、部屋の表示に「佐々木友次」の名前が見えました。

部屋の中を見ると佐々木友次さんが寝ていました。

小柄な人でした。歳を重ねて痩せたというより、そもそも、身長が160センチないぐらいの小さな人でした。

とうとう、会えた。9回出撃して、9回生きて帰った佐々木さんとやっと会えた。佐々木さんが目の前にいる。札幌の病院にいる。会えた。生きている佐々木さんに会えた。

しばらく、じっと佐々木さんを見つめていました。

けれど、感動はやがて戸惑いに変わりました。佐々木さんは寝ている。起こすわけにはいかないだろう。でも、せっかくここまで来たのに。どうしたらいいんだ。

すると、後ろから声が聞こえました。

「寝てますか？」さっきの看護師さんでした。

うなづくと、看護師さんは佐々木さんの耳元で「佐々木さん、お見舞いですよ」と少し大きな声で呼びました。

寝ていたと思った佐々木さんは「えー？」と声を上げました。

僕はすかさず「こんにちは。鴻上と言います。息子さんの博臣さんからご紹介いただきまして」と声をかけました。

「わざわざ来たの？」しっかりした声でした。

「はい」と答えると、「ご苦労さま」と佐々木さんは目を閉じたまま答えました。

「体はどうですか？」

「体は丈夫だけど、目をやられてね」

ああ、本当に目が不自由なんだなあと思いました。

口も歯が抜けて、しゃべり辛そうでしたが、意識ははっきりしている感じでした。

「友次さん、ベッド、起こす？」

看護師さんが話しかけると、佐々木さんはうなづきました。看護師さんは、ベッドの足元側に移動して、付いている取っ手をクルクルと回しました。

ベッドの半分が持ち上がり始め、佐々木さんの上半身が起き上がって来ました。

「これぐらい？」看護師さんが手を止めると、また、佐々木さんはうなづきました。

看護師さんは僕に小さな丸い椅子を勧めてくれました。

それに座ると、ちょうど、目の前が上半身を起こした佐々木さんでした。目を閉じたまま、正面を向いていました。

「いくつか友次さんに聞きたいことがあるんです」

僕はゆっくりと言いました。

心臓が高鳴っているのを感じました。

第２章　戦争のリアル

札幌の病院で何を聞いたかを書く前に、佐々木友次さんの生涯を紹介する必要があるでしょう。

なぜパイロットになり、どうして特攻隊員になり、どうやって9回出撃し、9回生きて帰ってきたか。

『陸軍特別攻撃隊』から読み解く

準拠するのは、第1章でも挙げた『陸軍特別攻撃隊』です。

著者の高木俊朗氏（1908－1998）は、アジア・太平洋戦争中は陸軍の報道班員として東南アジアへ従軍。終戦直前は、鹿児島県知覧町（現・南九州市）の航空基地に転属、特攻隊員を取材しました。

ノンフィクション作家であり、脚本家、映画監督でもあります。

1949年に著書『イムパール』で、インパール作戦の悲惨と上層部の愚かさを描いたのを皮切りに、自分が目撃した戦争の実態や従軍した人へのインタビュー、綿密な調査、資料を駆使して「戦争のリアル」を描き出しました。

『陸軍特別攻撃隊』は、文庫本では上中下の三巻。僕が買ったのは、新装版の単行本上下二巻の上下二段組。

緻密な調査と膨大な資料で、陸軍特別攻撃隊の始まりからフィリピン戦線の終わりまで、特攻隊とはなんだったのかを含めて圧倒的な筆力で描いています。

戦争中、佐々木さんと面識のなかった高木さんは、戦後、『陸軍特別攻撃隊』の佐々木友次さんの部分を書くために、当別町の佐々木さんの自宅に3週間ほど泊り込みました。他の本やメディアでは、佐々木さんは自分の体験を語ってはいません。インタビューする企画や出版がなかったのか、佐々木さんが拒否したのか、おそらく、その両方の理由だと思います。

僕は、高木さんのご遺族であり著作権継承者である奥様の竹中誠子さんに、小説『青空に飛ぶ』を書くにあたり、『陸軍特別攻撃隊』の記述に準拠させていただく許可をいただきました。

また、ご厚意に甘えて、高木さんの書庫も見せていただきました。

そして、『陸軍特別攻撃隊』を元に、佐々木さんへのインタビューで初めて分かったことや他の資料を加えて、佐々木友次さんの人生を描きました。今回も同じです。

なので、小説『青空に飛ぶ』を読んで下さった方は、かなり重複すると思います。申し訳ないのですが、どうしても必要なことなので、お許し下さい。

『陸軍特別攻撃隊』は、現在、残念なことに絶版になっています。この本には、陸軍の第一回のもうひとつの特攻隊『富嶽《ふがく》隊』のことや、最低最悪の司令官の詳しい行動など、さまざまなことが描かれています。絶版にしておくのは、とても惜しい本だと思っています。

『青空に飛ぶ』と『不死身の特攻兵』の二冊が少しでも話題になって、『陸軍特別攻撃隊』が復刊したら、それが高木さんと奥様への一番のお礼だと僕は思っています。

＊　　＊　　＊

生い立ち

佐々木友次は北海道の札幌市に隣接する石狩郡当別村（現・当別町）に1923年（大正12年）6月27日に生まれた。

福井県から入植した開拓農家の6男で、尋常小学校に6年、高等小学校に2年、計8年通った。兄弟は、佐々木友次をいれて7男5女の12人。

子供時代、札幌と旭川の間を毎日一便、『北海タイムス』という新聞社の飛行機が定期便として飛んでいた。佐々木の家の近くに伊達山という標高100メートルほどの小さな山があり、定期便の飛行機は、毎日、その山を飛行ルートの目安にしていた。

幼かった佐々木は、朝、爆音が聞こえると家を飛び出し、飛行機を追いかけた。高度5

ートルほどを飛ぶ飛行機に佐々木はいつも手を振った。パイロットもたびたび、手を返して応えてくれたという。

木は、小学校に入る前から、飛行機が大好きで、毎日、大空を飛ぶ飛行機を追いかけ、当別村の大空を見上げるたびに、飛行機に乗りたい、早く乗りたいと思っていた。気に飛行機を追いかける歳でなくなっても、屋根の上に登り、大空を飛ぶ飛行機を見つめた。いつか絶対に飛行機に乗り、青空を飛ぶんだと決めていたのだ。

で小学校の8年間を卒業した佐々木は、家業の農家を手伝いながら、17歳の時、省航空局仙台地方航空機乗員養成所」の試験に合格する。

縦生募集のポスターは、「空だ！　男のゆくところ」というロマン溢れるものだっ食住は国庫が負担しただけではなく、毎月、若干の手当も出る待遇で、少年飛行兵より難しいという評判もあった。

乗りへの道程

省の管轄《かんかつ》の養成所だったが、実際は、陸軍の予備役《えき》を作るための場所だった。平時の仕事に従事し、必要な時に前線に投入して、軍人パイロットをバックアップする構想だったのだ。

九九式双発軽爆撃機

逓信省航空局という名前に、生徒達はスマートな制服を着用して民間機を操縦するパイロットを想像したが、軍隊同様の厳しい日常に、そんな甘い考えは吹っ飛んだ。

軍隊式のしごきで、連日の体罰が続いた。理由があってもなくても、非常呼集、駆け足、精神注入棒による尻叩き、生徒達による交互の対抗ビンタなどが行われた。

佐々木は、横暴な上官の制裁に抗議して2日間、絶食をしたこともあった。

ここでの生活が1年間。約50時間ほど、飛行機に乗った。

ちなみに、同期には、戦争を生き延びて日本航空のパイロットとなり、1970年の赤軍派によるよど号ハイジャック事件に遭遇した石田真二機長がいる。佐々木はテレビで石田機長を見て、「石田だ！」と驚いたそうだ。

「逓信省航空局仙台地方航空機乗員養成所」を卒業して、1年後、茨城県の鉾田《ほこた》陸軍飛行学校（のち、鉾田教導飛行師団）に配属された。1943年（昭和18年）のことだった。

鉾田陸軍飛行学校では、「九九式双発軽爆撃機」（略称 九九双軽）に乗った。長さ約13メートル。翼を含めた幅、約17・5メートル。四人乗りで、プロペラを二つ持ち、旋回機関銃が前方と、後方上下にひとつずつ。爆弾を入れる腹の部分が膨らんだ、「金魚」とも「おたまじゃくし」とも称された陸軍の爆撃機だった。

佐々木は、九九双軽に乗り、毎日、急降下爆撃の訓練を続けた。身長160センチ足らず、幼い顔をしている20歳の佐々木は、それとは真逆の大胆で攻撃的な操縦をして、鉾田飛行場でも評判の腕前になった。

もともと、養成所出身者は、「予備下士官」とバカにされる。正規の軍隊訓練を受けていない者ということだ。けれど、少年飛行兵よりも、操縦の腕が上の者が多くいた。それは、系統的な訓練方法と訓練時間の結果だった。「腕の予備下士、(軍人)精神の少年飛行兵」という言葉もあった。

佐々木は、ただ、飛行機に乗れるのが嬉しかった。養成所だと一日1時間が平均だが、鉾田だと2時間でも3時間でも乗れた。心の底から、いつまでも飛行機に乗っていたいと思った。毎日の激しい訓練で、佐々木はめきめきと腕を上げていった。

のちに『万朶隊』の隊長に指名された岩本大尉も、佐々木の毎日の大胆な操縦を見て、佐々木を認識し、可愛がることになる。

機上の岩本益臣隊長（朝日新聞社提供）

岩本益臣隊長

ここで、佐々木に大きな影響を与えた、陸軍第一回の特攻隊『万朶隊』の岩本益臣《ますみ》隊長のことを書く。

岩本隊長は陸軍士官学校を出た28歳。操縦と爆撃の名手であり、戦局打開のための「跳飛《ちょうひ》爆撃」の第一人者だった。

「跳飛爆撃」とは、爆弾を直接、艦船に投下しないで、一度、海に落として跳ね上がらせ命中させる方法で、ちょうど、水面に向かって石を横投げすると、幾段にも跳ねて飛ぶのと同じメカニズムだ。

1943年3月、ニューギニア方面の「ビスマルク海海戦」でアメリカ軍が採用、日本軍の輸送船団8隻が全滅するという結果を生んだ。

爆弾を上空から落とすより、うまく海上を跳べば艦船に当たる可能性は上がる。艦船を縦に見るより、横に見た方がどこかの部分に当たりやすいのだ。なおかつ、上甲板が破壊されるより、艦船の側面、水面に近い部分が破壊された方が沈没する可能性が高まる。それはまるで、通常爆弾なのに、魚雷のような働きをする爆撃方法なのだ。アメリカ軍の「跳飛爆撃」を初めて受けた時、日本軍側はいったい何が起こっているのか理解できなかった。

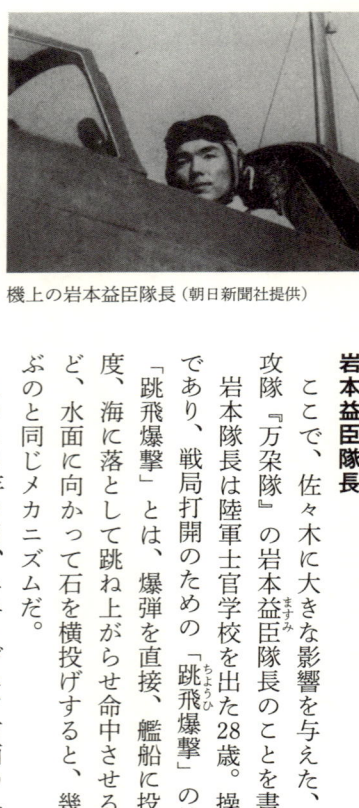

岩本大尉は、アメリカ軍の成功を睨んで、「跳飛爆撃」を積極的に進めようと研究と演習を続けていた。ちなみに、海軍でも、「反跳爆撃」と呼んで研究を続け、零戦に250キロ爆弾を装塡して実行しようとしていた。

万朶隊機の機首につけられた3本の電導管（毎日新聞社提供）

3本の槍

1944年（昭和19年）8月2日、沖縄での「跳飛爆撃」の演習の帰り、立川飛行場に寄った岩本大尉は、竹下福寿《ふくじゅ》少佐に内密に格納庫に案内されて、そこで異様なものを見た。

それは、3本の細長い槍が機体の先頭から突き出た九九双軽だった。風防ガラスで丸く囲まれた機首部の先端から、長さ3メートルほどの見たこともない金属の細い管が3本、突き出ていたのだ。

よく見れば、細い槍の先には、小さなボタンのような起爆管がついていた。その根元から太い電線が延びて、機首の風防ガラスを越え、爆弾倉の方に続いている。

岩本大尉は驚いた顔で竹下少佐を見つめた。明らかに体当たり用の飛行機だ。細い管の先に付いている起爆管のスイッチが、体当たりすることで押されて爆発する仕掛けだ。

竹下少佐は黙ってうなづいた。立川飛行場に勤務する彼もまた、「跳飛爆撃」を研究していて、共に沖縄の演習を指導していた。

「爆弾投下器はどうなっていますか？」混乱しながら、岩本大尉は聞いた。

「はずしてしまった。いらない機械はみんなおろした」苦々しい答えが返ってきた。

それはつまり、操縦席からは爆弾を落とせないことを意味した。爆弾を破裂させるには、体当たりしかないということだ。

「こんなもの作れって、どこから言ってきたんです」岩本大尉は怒気をはらんだ口調で聞いた。

「航空本部さ。本部長が7月25日に決裁している。参謀本部（大本営）の二課（作戦課）で考えていた」

「それじゃ、本気で、実戦に使うつもりですか？」

「本気さ。どしどし準備を進めている」竹下少佐は吐き捨てるように言った。

岩本大尉の顔は怒りで険しくなった。「ろくな飛行機も作らんでおいて」

戦況が悪化すると、陸海軍の中から体当たり攻撃を主張する声が聞こえ始めた。しかし、岩本大尉も竹下少佐も、体当たりには反対だった。理由は、体当たりが操縦者の生命と飛行機を犠牲にするだけで、効果があり得ないと考えるからだ。

艦船を沈める難しさ

体当たり攻撃を主張する側は、未熟なパイロットが増えて、急降下爆撃で艦船を撃沈することが難しくなってきたからと理由を説明した。だからこそ、二人は、「跳飛爆撃」を主張した。沖縄の演習では、岩本大尉は全弾命中に近い成績をあげた。実戦に活用できるという自信を得たのだ。

岩本大尉や竹下少佐、それに鉾田飛行師団の研究部の福島尚道《なおみち》大尉が体当たり攻撃に効果がないと考える理由はいくつかあった。

艦船を爆弾で沈めるためには、甲板上ではなく、艦船内部で爆発させるのが効果的だ。そのためには、爆弾は甲板を貫く必要がある。

貫く力は、爆弾の落下速度と投下角度で決まる。

落下速度は、投下高度にほぼ比例する。つまり、高い場所から落とせば落とすほど、爆弾の貫通力は増すのだ。

だが、どんなに急降下で突っ込んでも、飛行機の速度は爆弾の落下速度のおよそ半分になってしまう。加速しようとすれば翼によって空気揚力《ようりょく》が生まれ機体は浮く。それが飛行機の構造で、だからこそ飛べるとも言える。

海軍の実験では、800キロの徹甲《てっこう》爆弾（非常に硬く装甲甲板の貫通能力があるタイプ）を高度3000メートルで投下することが、アメリカ艦船の装甲甲板を貫く最低の条件とされた。急降下では、貫通に必要な落下速度が出ないのだ。

飛行機は爆弾より大きいから有効だと主張する人もいたが、飛行機は身軽にするために軽金属を使って作られる。だが、空母の甲板は鋼鉄だ。岩本大尉と同じく、鉾田飛行師団の研究部所属の福島大尉は、それを「卵をコンクリートにたたきつけるようなものさ。卵はこわれるが、コンクリートは汚れるだけだ」と言った。

体当たりに効果がないという理由はまだある。

「一機一艦」を目標に体当たりするのだと推進派は主張する。それが戦局を打開する方法だと。だが、艦船を爆撃で沈めることがどれほど難しいか、事実が教えてくれる。

イギリスの小型旧式空母ハーミスは六十数発の爆弾を受けてもすぐには沈まなかった。アメリカ正規空母ホーネットは、9発の爆弾（うち数発が甲板を貫通して爆発）と3本の魚雷でようやく傾いた。艦船を飛行機からの攻撃で沈めるのが、どれほど難しいかの例だ。

さらに、効果がないという理由が、陸軍にはもうひとつあった。甲板を貫く「徹甲爆弾」は海軍にしかなかった。陸軍の爆弾は、人馬殺傷用で地面に当たれば、簡単に壊れるようになっていた。そのまま艦船に落とせば、甲板の上で爆発して終わりだ。陸軍の爆弾では、体当たりどころか、通常の爆撃でも、そして跳飛爆撃でも艦船には効果がなかったのだ。

鉾田飛行師団の研究部の岩本大尉と福島大尉は、効果的な爆弾、つまり海軍のような徹甲爆弾を作るようにと再三、陸軍の航空本部と三航研（第三陸軍航空技術研究所）に求め続けた。けれど、三航研は効果的な爆弾を作る代わりに体当たり攻撃を主張し始めた。福島大尉は激しい怒りと共に、三度、航空本部と三航研に対して、「体当たり攻撃がいかに無意味で効果がないか」という理論的な反論の公文書を提出した。

だが、三航研は、理論的に都合が悪くなると、「崇高な精神力は、科学を超越して奇跡をあらわす」と技術研究所なのに精神論で体当たりを主張した。福島大尉は三航研はずるいと憤《いきどお》った。効果のある爆弾が作れないから、体当たりをやるよりしかたがないと言っている。それはつまり、技術研究所の職務放棄だと。

その間、岩本大尉は、「跳飛爆撃」の普及教育に尽力した。8月に沖縄から戻った3日後には竹下少佐と共に台湾とフィリピンに出張し、1ヵ月程過ごした後、また沖縄に戻り、それぞれの地で、「跳飛爆撃」の説明・訓練を続けた。

そして、岩本大尉達は徹甲爆弾やアメリカ機なみの性能を持つ飛行機を待ち続けた。

1944年（昭和19年）10月20日、徹甲爆弾や高性能飛行機の代わりに長い槍が、つまり「死のツノ」が生えている3機の九九双軽が鉾田飛行場に飛来した。

その姿を見た岩本大尉は、「一体、誰を乗せるつもりなんだ」と苛立った声を上げた。

前日、佐々木友次は鉾田飛行師団の庶務課に呼ばれ「近く南方に行くことになるから、予め準備をしておけ」と言われ、翌20日、誰が行くかあいまいなまま壮行会が開かれた。そんなことは初めてのことだった。

21日、岩本大尉は呼び出しを受け、「死のツノ」のある飛行機に乗るように命令された。陸軍最初の体当たり部隊の隊長に指名されたのだ。

出発は明朝8時。

命令を受ける間、岩本大尉は歯を嚙みしめるような厳しい表情をしていた。

その姿を目撃した福島大尉は激しい怒りにとらわれた。よりによって、岩本を。航法の天才と言われた、最も優秀な操縦者を。体当たり攻撃を否定するために骨身を削って跳飛爆撃の鬼となっていた岩本を。

上層部に政治的な意図があるとしか考えられなかった。「跳飛爆撃」の名手岩本大尉が、陸軍の一番目の特攻隊になれば、「もはや特攻しかない」というキャンペーンになる。特攻を否定した岩本大尉が一番に特攻したのだから、誰も逆らえない。岩本大尉は、人身御供《ひとみごくう》として選ばれたとしか福島大尉には思えなかった。

妻・和子との別れ

岩本大尉には、前年の12月に結婚した23歳の妻、和子がいた。結婚してまだ10ヵ月だった。

その夜は、食事の後、親しい友人に別れを告げる夫に付いて回った。岩本大尉に別れを告げられる相手の態度が尋常ではない様子で、和子はなにかある、通常の出撃ではないと感じた。

家に戻り、和子が茶の支度をしていると、岩本大尉は襟章《えりしょう》をふた組、食卓の上に置いた。

「ひとつは俺が使う。あとはお前にやるから、つける用意をしておきなさい」

和子が手に取って見ると、中佐の階級章だった。それは、二階級特進して、中佐になるという意味だった。二階級特進するのは、名誉の戦死の結果だ。和子はハッとして夫を見つめた。岩本大尉は平静な顔で「体当たりをして、和子未亡人として新聞に出してやるからな」と笑った。和子には、無理のある笑いに感じられた。

夜9時に、和子の両親がやってきた。和子が電報で知らせたのだ。4人であらためて別れの食事をした。終始、明るい雰囲気だった。それは、夫が無理して明るくしているからのように和子には感じられた。

和子は、夫の財布に母からもらったお金を入れようとして、中に自分の写真が入っていることに気付いた。和子には思いがけないことだった。

「あなた」思わず声をかけると、夫は笑った。和子は、胸が熱くなったが、すぐに、写真だけでは物足りない気がして、小箱から赤いルビーのついた指輪を差し出した。

夫は素直に、「海にいれてしまうのはもったいないが、もらっていくよ」と、指輪と一緒に和子の手を握った。

和子は、翌日の朝のために、二度目の赤飯の支度を始めた。

父と母は先に茶の間で休んだ。

和子は、台所の後片付けを終えると、これで何もかもお終《しま》いだ、という気がしてきて、急に悲しくなった。しばらくの間、流し台の前でぼんやりと立っていた。

気持ちを励まして座敷に戻ると、岩本大尉はまだ寝ないでいた。その傍に座ると、二人だけの世界になったと和子は感じた。

はりつめていた気持ちが、いっぺんにゆるんだ。今まで泣きたいのをこらえ、つとめて

笑いを浮かべ、ほがらかに見せてきたのが、もう我慢できなくなった。夫は泣くのを好まないと思ったが、苦しくなって、

「泣いてもいい？」

と聞いた。夫は低い声で、

「いいさ」

と答えた。和子は、夫が答える前にもう泣いていた。

和子は声をしのんで泣いた。泣き続けた。

夫は和子の肩を抱いたが、何も言えないらしく、黙っていた。

和子は思いのまま泣いてから涙をぬぐって、しゃくりあげながら言った。

「もう、明日からは泣きません」

その時、和子の手に熱い滴が落ちた。夫は急に立ち上がって電灯を消した。その闇の中に、夫のむせび泣く声がひろがった。

和子は飛びつくようにして夫にすがった。二人は抱き合って泣き続けた。

万朶隊の結成

21日の午前中、佐々木はフィリピンの「第四航空軍に配属」という命令を受けた。

『万朶隊』が結成されたのだ。

構成は、岩本隊長以下、陸軍士官学校出身のエリートである将校操縦者が4名。佐々木達、下士官の操縦者が8名、それに、通信係に4名、機体整備に11名という編成だった。

出発は翌朝と告げられた。

佐々木と同じ仙台航空機乗員養成所出身の下士官、鵜沢《うざわ》邦夫軍曹は、「養成所が半官半軍みたいなところだからといって、俺達のやることは軍人とかわりはないんだ」と興奮した。

「いいか、俺達の軍人精神は、士官学校出にだって、負けるもんじゃないぞ」

話し続ける鵜沢軍曹の横で、佐々木は黙々と出発のために荷物を整理していた。

22日。午前5時。岩本大尉は起きるとすぐに行水をした。そして軍服をつけ、正座して天皇陛下の写真に敬礼し、机に向かって辞世の歌を色紙に書きつけた。

その中のひとつ。

「身はたとへ南の海に散りぬとも
とどめおかまし大和だましひ」

和子は晴着を着て夫の傍に座り、色紙に妻の心を歌にして記した。

「家をすて妻を忘れて国のため

つくしたまへとただ祈るなり」

岩本大尉は、和子の書いた色紙を落下傘袋の中に入れた。

朝食の赤飯も、残りをにぎり飯にして、落下傘袋に入れて岩本大尉は家を出た。

鉾田の将兵、職員、雇員ほとんど全員が長い人垣を作って、『万朶隊』の出発を見送った。岩本隊長以下、隊員達は挙手の礼をして見送りの人々に応えながら歩いて行った。

佐々木は、思いがけない盛んな見送りを受けて戸惑っていた。

ただし、見送る人の多くは、うやうやしく頭を下げて礼をした。声を出すもの、手を振るものは少なかった。それは、葬儀の列を送るようにしんみりしていた。

岩本大尉の顔もまた、青ざめ、険しく、歪んでいた。

『万朶隊』は鉾田飛行場を旅立った。滑走路の端に並んでいた人達は、日の丸の小旗を振った。それが白い波のように激しく揺れた。

岩本隊長機は、上昇した後、左に旋回を始めた。鉾田飛行場では、右側に旋回するのが厳密な規則だった。左側には弾薬の集積地があり、万が一の事故を避けるために総ての飛行機は左側への旋回を禁じられていた。

だが、岩本隊長は左に大きく旋回し始めた。隊長機の後を追って、後続の僚機《りょうき》（味方の飛行機）も続いた。

見ていた福島大尉は驚いた。岩本大尉ともあろう人がどうしてこんな反則をするのか。飛行場上空を逆旋回していく編隊を目で追っていくうちに、福島大尉はハッとした。これは岩本隊長の抗議なのだ。体当たりという命令にどうしても納得できない反抗の意志なのだ。

岩本大尉の深い苦悩の表情を福島大尉は思い出した。

和子は家の前に立っていた。やがて、爆音が近づいてきた。和子が手を振り始めた時には、飛行機は上空に来ていた。先頭機は二、三回、翼を振って、すぐに遠ざかった。

和子は、激しいものが込み上げて来るのを感じ、家の中に走り込んだ。座敷に入ると、力が抜けたように座りこんだ。大切な人がいない空虚さが冷たく広がっていた。天皇陛下の写真だけが変わらず、そこにあった。

和子は声を上げて泣き伏した。

特殊任務

岩本隊長機を含めた3機の九九双軽は、フィリピンに輸送する資材を受け取るために、いったん、立川飛行場に立ち寄った。

佐々木ら下士官は、練習用の飛行機3機に分乗し、先に、岐阜県の各務ヶ原《かがみはら》飛行場へ飛んだ。そこで、自分の飛行機を受け取るためだ。若い下士官達は、初めて自分の搭乗する飛行機を貰えるということに興奮していた。しかし、各務ヶ原飛行場には、それらしき飛行機は見当たらなかった。

やがて、教えられて行った場所は、飛行場の北隅の繋留《けいりゅう》地帯だった。目につかないその場所に、20機近くの九九双軽が並んでいた。勇んで走り寄る下士官達が見たのは、飛行機の先端から3本のツノが突き出た九九双軽だった。

「なんだ、このツノは?」

自分が乗る飛行機を前にして、『万朶隊』の下士官達は、お互いに顔を見合わせた。

やがて、立川飛行場から岩本隊長達が到着し、全員を前に緊張した顔で訓示した。

「我々は、フィリピンの激戦場に行くのであるから、生還を期さない覚悟であるのは言うまでもない。特に言っておきたいのは、我々は特殊任務につくということである。これについては、改めて教えるが、なお一層、必死必殺の決心を固めてもらいたい」

佐々木ら下士官は、初めて自分達の出撃が「特殊任務」だということを教えられた。

そして、それは、九九双軽の風防ガラスから突き出している3本のツノと関係があると気がついた。

「特殊任務とは、なんだろう?」鵜沢軍曹が不安そうな声を出した。

「体当たりだよ」田中逸夫曹長が小声で教えた。鵜沢軍曹は、急に黙り込んだ。顔色が変わっていた。川島孝中尉が、硬い表情で言った。

「あのツノは信管だな。あれがぶつかると、機体の中で爆弾が破裂するんだ」

若い下士官達は、思わず顔を見合わせた。あきらかに動揺した表情だった。

九九双軽は、機首に旋回銃座《じゅうざ》がついている。だが、目の前にある九九双軽は、機関銃自体が取り払われ、死のツノが飛び出ていた。後部にあるはずの二つの旋回銃もなかった。

佐々木友次は、動けないまま、3本のツノをじっと見つめていた。

特攻は努力と技術の否定か

しばらくして、下士官操縦士は、与えられた飛行機の試験飛行を命じられた。

次々に離陸していく光景を見つめる岩本隊長の横には、立川飛行場の竹下少佐がいた。

岩本大尉が鉾田飛行場から立川飛行場に寄り、フィリピンに輸送する資材を取りにいった時に、「俺も岐阜まで行く用事がある。岐阜まで見送ってやる」とついてきていたのだ。

竹下少佐は、試験飛行を見上げる岩本大尉を見つめた。岩本大尉を体当たりで殺すことが、竹下少佐にはどうしても納得できなかった。

立川基地で今日、再会した時、「残念でたまらないのです」と岩本大尉も本心を吐き出すように言った。鉾田では決して言えなかった言葉だった。

「同じやるなら、跳飛爆撃をやらしてもらいたいですよ。それなら本望です」

「そうだなあ。岩本に実験させたかった。岩本ならやれる」

岩本大尉はしばらく頬の肉を震わせながら黙っていたが、「俺達は、爆弾に縛りつけられなければ死ねないと思っているのか」と悲痛な声を出した。

陸軍参謀本部は、なにがなんでも一回目の体当たり攻撃を成功させる必要があった。

そのために、技術優秀なパイロットを『万朶隊』に選んだ。

けれど、有能なパイロット達は優秀だからこそ、パイロットとしてのプライドがあった。爆弾を落としてアメリカ艦船を沈めるという目的のために、まさに血の出るような訓練を積んだ。「急降下爆撃」や「跳飛爆撃」の訓練中、事故で殉職する仲間を何人も見てきた。鉾田飛行師団では、毎月訓練中に最低でも二人の殉職者を出していた。

技術を磨くことが、自分を支え、国のために尽くすことだと信じてきた。だが、「体当たり攻撃」は、そのすべての努力と技術の否定だった。

なおかつ、与えられた飛行機は、爆弾が機体に縛りつけられていた。参謀本部は、もし、操縦者が卑怯未練な気持ちになっても、爆弾を落とせず、体当たりするしかないように改装したのだ。

岩本大尉は、陸軍参謀本部の作戦課員のその考えが許せなかった。操縦者に対する侮辱であり、操縦者を人間とは思わない冷酷無比であり、作戦にもなっていない作戦を立案する大愚だと感じた。

「岩本、話がある」試験飛行を見守る岩本大尉を竹下少佐が連れ出した。

「岩本、こんなことを教えていいかどうか分からない。しかし、俺は我慢がならんので、教えるつもりでここまで来た」竹下少佐の顔は真剣だった。

「なんですか？」岩本大尉も真剣な表情になった。

「あの飛行機には、爆弾を落とす方法があるんだ」

竹下少佐は、体当たり機の構造の秘密を知っていた。爆弾は投下できないように改装されていたが、操縦者の手で落とす方法があった。もちろんそれは、違法であり命令違反である。けれど、竹下少佐は、爆弾を落とす方法を岩本大尉に伝えた。

「やるかやらないかは岩本の判断にまかせるよ」

そう言いながら、竹下少佐はそれを実行してくれることを望んでいるようだった。

「わざわざ、教えに来ていただいて、ありがとうございます」

岩本大尉の目は濡れて光っていた。爆弾を落とす方法を知ったことより、竹下少佐の情に感激しているようだった。

試験飛行を終え、結果を岩本大尉に報告する下士官達の口調は重かった。それは、「体当たりの任務だということを、どうして、鉾田飛行場の出発の時に言わなかったのか。出発させてから言うのは、だまし討ちと同じだ」という憤激《ふんげき》と不満の結果だった。

だが、佐々木は次のように報告した。

「この九九双軽は、方向舵が全く狂っていて、水平飛行の時には、横すべりを防ぐために、片方の脚《きゃく》（車輪）を出し、操縦桿《かん》をその方に倒しておかねばなりませんでした。また補助翼と昇降舵の調節がとれていません。何よりも問題なのは、機首に長いツノがあるために、速度は10キロ以上落ちるし、機体の安定を妨げます」

佐々木は、この機体は新品で、まだ試験飛行もしていないのではないかと結論した。そして、判明した機体の故障はすでに整備班に直すように伝えたと付け加えた。

岩本隊長は黙って報告を聞いた。

死への飛行

『万朶隊』は、その日のうちに、博多湾に沿った雁《がん》ノ巣《す》飛行場に飛んだ。そこが最初の宿泊地だった。

雁ノ巣に着くと、下士官操縦者の態度がはっきり変わっていた。

「だまされたようなもんだ」と近藤行雄伍長は言い、「体当たりなんて大変なことをやらせるのに、一言も言わないで出すなんてひどいよ。それならそれで、2、3日休暇をくれて、親兄弟に会わせてもらいたかったよ」と奥原英彦伍長が嘆き、「卑怯です。体当たりなら体当たりだと、師団の幹部が出発の前に、命令の時にでも言うべきじゃないですか」と通信手の花田博治伍長が激しい大声で言った。鵜沢軍曹は青い顔色のまま、口もきかなくなった。

下士官達は博多の夜の街に繰り出し、泥酔して、絶望と自棄の気持ちを紛らわそうとした。岩本大尉も、3人の中尉をつれて街に出た。日本の街はこれで見納めという気持ちだった。岩本大尉の心の中にも、重苦しいしこりが残っていた。それは岩本隊が体当たり攻撃隊であることを鉾田を出発するまで、秘密にしておくように命じられたことだった。岩本大尉は、「やはり鉾田で、出発する前に知らせるべきだった。それに相応しい扱いをしてやるべきだ」とこだわっていた。

岩本大尉は、博多人形を並べている店で、品数のとぼしくなった中から眠り人形を見つけ、中尉達に冷やかされながら、鉾田にいる妻の和子に送るように頼んだ。

その夜、和子は日記にこう書いた。

「二十二日。

御出発。午前六時二十分ごろ。バスの所まで御見送り。感無量。そのあと、御礼回り。夜分、大城曹長がきて、本日、福岡まで飛んだ、元気なり、と主人の言葉を伝えてくださる。もう、九州まで行ってしまった、あなた。

これまで仲よく暮して、今お別れするのは苦しゅうございます。

でも、あしたから、武人の妻として泣きません。

覚悟しております。本当にやさしいあなた。わずかな年月ながら、かわいがっていただきましたことに心からお礼を申上げます。御留守はしっかりと守ります。気にかかるのは、お腰の皮膚の御病気。心配で休まれず、十二時ごろまで起きていました。

和子は、きょうから、ひとりぽっちです」

酒の飲めない佐々木伍長は、一人で宿舎にいた。体当たり、ということが切実に感じられなかった。演習の時、思い切って接近した時の、船の鉄の胴体を思い浮かべた。そこに、まっすぐに突っ込んで行こうとすると、ぶつかる直前に操縦桿を引いて、上昇してしまいそうに思えた。そういう訓練ばかりしていたからだった。

翌23日、博多の雁ノ巣飛行場を1時間遅れで万朶隊は出発した。

機体の整備に手間取った結果だった。どの機も故障が多かった。通常は新作機について、100時間ぐらいの試験飛行をした後に、部隊に渡した。新しいエンジンが故障を起こすかどうかは、70時間程度使わないと分からないからだ。けれど、万朶隊の九九双軽は、「死のツノ」の改装を終えて、試験飛行をしないまま渡されていた。

整備班長の村崎正則少尉は、「こんなガタガタ飛行機じゃ、フィリピンまでも行けやせんぞ。体当たりをやらせようというのに、試験飛行もしない飛行機をよこすとは、なんということだ」と顔を赤くして怒った。

鵜沢軍曹に、父親と若い女性が面会に来た。「嫁はんが見送りに来たのか、ええおなごやないか」と周りに冷やかされても、鵜沢軍曹は青ざめ、黙ったままだった。

巧妙な仕掛け

岩本隊長には、別の苦悩があった。

陸軍の組織としては、岩本隊長が率いるのだから、『岩本隊』が正式に編成されるのが通常のことだ。そして、特別の攻撃なので『万朶隊』という呼び名が例外として付くという順序だ。ところが、万朶隊全員は、個人としてフィリピンの第四航空軍に配属されることになっていた。このままだと、岩本隊長の下、全員が体当たりをしても、陸軍の正式な記録としては岩本隊ではなく、各個人がしたことになるのだ。

岩本隊長は、これが納得できなかった。

昨晩からずっと考えてきた結論としては、公式な編成命令によって、『岩本隊』を作っては都合が悪いと上層部は思っている、ということだった。部隊の公式な編成命令は、天皇陛下の名によって出される。つまり、体当たりという戦法は、天皇陛下の命令として出してはいけない、と上は判断したとしか考えられないのだ。天皇陛下が体当たり攻撃のための部隊を編成されるようなことがあってはならない、ということだ。

けれど、実際に戦場に行けば、全員は部隊として行動する。そして戦死する。その時、陸軍の正式編成記録には、万朶隊の名も岩本隊の名も残らない。ただ、第四航空軍所属の個人の名前が残されるだけなのだ。

岩本大尉は、この「巧妙な仕掛け」にどうしても納得できなかった。

「跳飛爆撃」の可能性を奪われ、祖国を救うために体当たりを命令された自分達が、正式な編成部隊ではない、という矛盾に怒りが湧き上がった。自分が率いるのは正式には『岩本隊』であり、通称『万朶隊』であると、主張したかった。

我々は勝手に集まった個人ではない。非公式に集められた集団でもない。国難を打開するために編成された正式な部隊である。そう言いたかった。

父の教え

その日、万朶隊は上海の大場鎮《だいじょうちん》飛行場に到着。

翌日10月24日の日没、悪天候をついて台湾の嘉義《かぎ》飛行場に到着。長時間、海上すれすれに、波しぶきをかぶるほどの飛行を続けた。飛行場は空襲で、滑走路の照明灯は壊されていて、点々と燃えているかがり火を目標にした着陸だった。

すぐに、岩本大尉は全員の集合を命じた。激しい雨と風が吹き荒れる海上を飛び続けて疲れ切った下士官達は、不機嫌な様子でのろのろと集まってきた。

まだかがり火は燃えていた。送電線が空襲で破壊されたので、電灯の代わりだった。

岩本隊長は、かがり火の近くに全員を集めた。

炎の明かりに浮かび上がったのは、岩本隊長の横に立つ一人の男性だった。各務ヶ原飛行場から同乗してきた航空技術将校で、阿部少佐と紹介された。

阿部少佐は、か細い声で、飛行機は改装されていること、爆弾は普通の投下方法では落とせないこと、機首についている長い管は電導管で、爆弾は機体の中で爆発することを途切れがちに説明した。

岩本大尉は、頭をうつむけて聞いていた。阿部少佐の声は震えていた。

「自分は技術者として言うのであるが、諸君の任務は体当たり攻撃である。この飛行機は、そのために作られた。このような非常の手段を取るのは、敵機動部隊を一挙に叩いて、壊滅させるためである。戦局の危急は、ついに、こうした非常の攻撃方法を取ることになったが、諸君の必死の技術は、必ず成果をおさめて、勝利の道を開くものと確信している」

岩本大尉は解散を命じ、阿部少佐と並んで飛行場の闇の中に去って行った。

隊員達は、力が抜けたように、しばらくその場から離れなかった。

佐々木はゆっくりと歩き出した。行くあてはなかった。頭の中はひとつのことで一杯だった。「これで、俺は死ぬんだな」

少し歩いていると、急に、父の藤吉の言葉が思い出された。

「人間は、容易なことで死ぬもんじゃないぞ」

藤吉は、日露戦争の時、旅順《りよじゅん》の２０３高地を攻撃する決死隊の白襷《しろだすき》隊の一員だった。夜間、白い襷を肩からかけて、高地の斜面を登り、敵陣地を強襲しようという部隊だった。だが、白い襷は、夜の闇の中でかえって目標になった。ロシア軍の機関銃は白い襷を目標に銃弾を浴びせた。決死隊の白襷隊は全滅に近い悲劇にあった。

父の藤吉は、この激戦の中で生き残った。その時に一つの信念が生まれた。それは「人間は、容易なことで死ぬものでない」ということだった。

日露戦争が終わって、藤吉は無事に故郷の当別村に帰ってきた。それ以来、生きるということに自信を持つようになった。そして、そのことを繰り返し子供達に教えた。

父親の生命への信念は、子供達の心に染み通り、人生への希望を持たせた。それが、かがり火が燃える嘉義飛行場に立つ、佐々木友次の心に浮かび上がった。

「俺は死ぬはずがない」

同時に、操縦者としての疑問が浮かんだ。体当たり機の爆弾が外れないとしたら、不時着や事故のあった時に、爆弾を抱えていなければならない。それはとても危険ではないか。そのままなら、無駄な犠牲を出すことになる。

「爆弾を落とす方法はないものだろうか」稲妻のような思いが、佐々木の頭に閃《ひらめ》いた。

その時、かがり火の中に見えていた影達が、ぽつぽつと暗い闇に向かって走り出した。闇の向こうには、自分達が乗ってきた九九双軽があった。やがて、全員が一斉に闇に向かって死に物狂いの気配で駆け出した。佐々木もまた、飛行場の片隅にある九九双軽に向かった。みんな、同じことを考えていたのだ。

口には出さなかった。出せば、卑怯と言われる。軍人精神の裏切りと責められる。けれど、みんな、なんとかして生きたかった。誰もが命が惜しいことを隠さなかった。

佐々木は操縦席について、スイッチを入れた。真っ暗な中、正面に丸いたくさんの計器が、右側に配電盤が明るく浮かび上がった。爆弾を吊っている電磁器に作用する線は配電盤にある。佐々木は何度か、配電盤の各所にヒューズを差し込み、スイッチを押してみた。が、何の反応もなかった。

失意のまま、電源を切った。暗闇が訪れ、飛行機は暗黒の空洞に変わった。佐々木は墓穴の中にいるような気がした。

翌25日、万朶隊はフィリピンに出発することができなかった。飛行機の故障が激しくなり、整備しきれなかったのだ。

この夜、万朶隊の将校達は、嘉義飛行場の司令官が催した壮行の宴に招待された。万朶隊が出発して、初めての特別扱いだった。それまでは、各務ヶ原でも雁ノ巣でも上海でも普通の部隊と同じようにそっけない扱いを受けていた。

佐々木ら下士官の待遇も一変した。宿舎は嘉義市内の一流の旅館に変わった。たくさんの料理も出た。鉾田の貧しい料理に慣れていた下士官達は「将校さんの分と間違えたんじゃないのか」と女中に何度も聞いた。

赤く熟れたパパイアを佐々木は初めて食べた。北海道育ちの佐々木は、南国の果物の豊かな甘さに感動した。同時に、日本を離れて南方にきたことをはっきりと意識した。

そして、豪華な食事、一流の旅館の待遇は、自分達の異常な任務が現実のことなのだと、あらためて全員に突きつけた。

下士官達は、酒を飲み、思い思いに街に出て行った。盛り場には軍人専用の慰安所があり、朝鮮や台湾の女性がいた。狭く仕切られた、わびしい部屋で下士官達は、自暴自棄のまま慰安婦を抱いた。

佐々木と22歳の奥原伍長は、酒が飲めなかったし、若かったので、荒れた雰囲気の下士官達に馴染めず、先に帰った。なんだか、二人は、取り残されたような気持ちだった。

神風特別攻撃隊の「成功」

1944年（昭和19年）10月25日、万朶隊が機体整備に手間取り、台湾の嘉義飛行場からフィリピンに出発できなかった日、海軍の最初の特攻隊『神風特別攻撃隊』が出撃した。

第一号と報道されたのは、250キロ爆弾を装着した零戦に乗り込んだ関行男大尉に率いられた『敷島隊』5機だった。戦果は「撃沈、空母1。撃破、空母1。撃沈、巡洋艦1」と発表された。

海軍の関大尉以下『敷島隊』のパイロットは、陸軍の万朶隊同様、歴戦のベテランだった。手慣れた零戦に乗り込んだこと。レイテの山々がレーダー波を遮り、奇襲性を助けたこと。そもそも体当たり攻撃が米軍にとって意外な戦法だったこと。空母の爆弾が誘爆したこと。それが、「大戦果」を生んだ。

しかし、空母は全て、護衛空母と呼ばれる、商船を改装した船体の弱い空母だった。正規空母の約半分の大きさ、排水量は三分の一、搭載機も正規空母が100機以上なのに比べて、20機から30機だった。この空母は、輸送船団の上空に飛行機を飛ばして、潜水艦からの攻撃を護衛するのが任務だった。けれど、すべて正規空母をイメージさせる「空母」と発表された。零戦1機の特攻で空母を撃沈できるという「誤信」が生まれた瞬間だった。

この知らせを受けて、海軍の特攻隊を作ったと言われる大西瀧治郎中将は「……甲斐があった」と独り言のように低い声で言った。目は潤み、興奮していたが、明るい感じだったという。さらに「これで何とかなる」とつぶやいた。

そして、特攻作戦を推し進めることを決意した。

けれど、その二日後、大西中将は部下にこう言っている。

零戦（戦後整備されたもの）

敷島隊　関行男大尉
（毎日新聞社提供）

「こんなことをせねばならぬというのは、日本の作戦指導がいかに拙いか、ということを示しているんだよ。——なあ、こりゃあね、統率の外道《げどう》だよ」

関大尉以下、特攻の命令を忠実に実行した熟練パイロット達の心の中は葛藤していた。

関大尉は、出撃前、新聞記者に二人きりでインタビューされて次のように語った。

「報道班員、日本もお終いだよ。ぼくのような優秀なパイロットを殺すなんて。ぼくなら体当たりせずとも敵母艦の飛行甲板に50番（500キロ爆弾）を命中させる自信がある」

飛行場の傍を流れる川のほとりでのインタビューだった。

関大尉は言葉を続けた。

「ぼくは天皇陛下とか、日本帝国のためとかで行くんじゃない。最愛のKA（海軍の隠語でKAKAつまり妻のこと）のために行くんだ。命令とあれば止むをえない。日本が敗けたらKAがアメ公に強姦されるかもしれない。ぼくは彼女を護るために死ぬんだ。最愛の者のために死ぬ。どうだ、素晴らしいだろう！」

この言葉は報道されることはなかった。関大尉が戦死した後、「人間関大尉」という記事を書こうとしたこの記者は、軍部から怒鳴られ、書き直しを命令された。

「関は女房に未練を残すような男じゃない。特攻隊員は神様なんだ。その神様を人間扱いにしヒボウするとはけしからん。それが分からんとは、貴様は非国民だぞ！　銃殺にしてやる」（『神風特攻隊出撃の日』小野田政　今日の話題社）

特攻隊員は、自分の愛する妻や家族を守るために死んだのではないと軍は主張した。新聞は、敷島隊の「大戦果」を「神鷲《かみわし》の忠烈　萬世《ばんせい》に燦《さん》たり」（朝日新聞、1944年10月29日付、253頁写真掲載）と報じた。「悠久の大義に殉ず」という表現も多く書かれた。身を捨てて神風となり国を救うことは、崇高《すうこう》の極致であり、まさに神になったという、現在までの特攻隊の主流なイメージのひとつが第一回から生まれたのだ。

この日、岩本隊長の妻、和子は鉾田の家を人に貸し、父母が住む東京の家に帰った。和子の日記。

「辻様に家の何から何までをお貸しして、父母と中野の家に帰る。

いつもの上京と違って、もの悲しくて、涙のにじんでくるのを、どうすることもできませんでした。やはり、あなたとお別れしたので弱くなってしまったのです。ご出張の時ならば、どんなに長くても、こんな気持ちにはなりませんでしたのに。夜、中野の家で床にはいって、あなたと別れて暮らすさびしさに泣きました。ごめんなさい。

お手柄をお待ちしています」

フィリピンへ

翌26日、万朶隊が嘉義飛行場を出発しようとした時、鵜沢軍曹機が故障した。この飛行機の整備を担当している藤本春良軍曹が調べると、スロットル・レバーが不調になっていた。藤本軍曹は、自分が整備した時は、なんの問題もなかったことに自信を持っていた。鵜沢軍曹は、雁ノ巣を出発する時も事故を起こした。今度も出発しないですむように、自分でレバーを壊したとしか、藤本軍曹には考えられなかった。初めは怒りを感じたが、やがて、藤本軍曹はやりきれない気持ちになった。

整備を続ける鵜沢機を残して、万朶隊員はフィリピンに向かった。

台湾とフィリピンの間にあるバシー海峡を渡る時、佐々木は心が躍った。小学校の時から、なぜか「バシー海峡」を知っていた。いつかは飛びたいと思っていたバシー海峡を、今、自分は飛んでいる。想像もしなかった命令を受けてフィリピンに向かっているが、それでも、心が躍った。

後から思えば、この時、銃座はすべて取り払われて丸裸の状態だった。九九双軽は、1発の弾丸も撃てなかった。もし、アメリカ軍の戦闘機と出会えば、ひとたまりもない。

けれど、佐々木はそのことを気にするよりバシー海峡を飛ぶことに心が騒いだ。台湾を目指した時と違って天候もよく、青い海と白い雲、そして太平洋の島々が眼下に広がっていた。空を飛ぶことが本当に好きだった。

バシー海峡を渡り終えた時、「本当にこれで日本とおさらばだ」と、佐々木は思った。


3時間ほど飛んで、フィリピンのリパ飛行場に着いた。飛行機を降りて、えび茶色の土を踏んだ時、佐々木は身震いするような緊張を感じた。「いよいよ、第一線に来た」という思いが湧き上がった。

けれど、飛行場からは整備兵も出てこず、なんの連絡もなかった。激戦のためか、連絡の不備か、何の特別扱いもなかった。普通の通過部隊の扱いで、宿舎も、粗末な小屋だった。

翌27日、佐々木は早く目を醒ました。窓の外にはうすく霧が立ち込め、窓を開けると、冷たく湿った空気が流れ込んで来た。さわやかな匂いがした。

佐々木は故郷の石狩平野の夏の朝を思い出した。ただし、目の前には、石狩平野のポプラ並木ではなく、たくましく伸びた椰子の林があった。珍しい風景に、自分は南国にいるとあらためて思った。

宿舎の前は一面の芝生だった。表面は霧に濡れて、水をまいたように光っていた。

奥原伍長も起きてきた。二人は、庭に降りる木の階段に腰を下ろして、タバコを吸い始めた。

「とうとう、フィリピンに来たな」奥原伍長が感慨を込めて言った。「すぐに出撃になるのかな」

「すぐかどうか分からんが、電磁器を動かして、爆弾を落とす方法を早く見つけておかないといかんな」佐々木ははっきりと言った。

「佐々木、俺も考えたよ。特別攻撃隊だからといって、なぜ死ななければならないかということなんだ」奥原伍長は佐々木を見た。

「そうだ。死ぬことが目的じゃないさ。爆弾を必ず命中させればいいじゃないか。爆弾の落ちないような飛行機に乗せることはないよ。体当たりをする必要はない、と思ってるんだ」

二人は同時にうなづいた。うかつに第三者には言えないことだった。

隊長がどう思っているか、それが問題だと佐々木は思っていた。隊長がなんと言うか。

佐々木は岩本隊長が好きだった。大尉と伍長が、軍隊で親しく会話することはない。陸軍士官学校を出たエリートと下士官の一番下、伍長とは雲泥の差がある。それが軍隊の階級であり現実だ。

けれど、佐々木は、岩本隊長が自分に一目置いてくれていることを感じていた。九九双軽の操縦の名手である岩本大尉が自分の操縦技術を信頼していることを佐々木は感じていた。

「佐々木、一緒に行こう」と万朶隊結成の時に声をかけてもらって、佐々木は感激した。将校が伍長に声をかけるなど、めったになかった。

また、28歳の岩本隊長は、理不尽な命令を出すことも、強引な鉄拳制裁を加えることもなかった。岩本隊長自身、万朶隊の運命に翻弄されてそれどころではなかったのだが、それも佐々木が岩本隊長を好きになった理由だった。

朝、岩本大尉は、隊員達に簡単な訓示と命令を与えた後、第四航空軍や飛行場大隊と連絡を取るために大隊本部に向かった。

鉾田を出発する時に、岩本大尉の顔に浮かんでいた激しい苦悩の色は、リパに着いて第一夜を明かすと、鋭く険しいものに変わっていた。28歳の青年には似つかわしくない、重苦しい深い影が現れていた。

隊員達は、飛行場に出て、飛行機の点検と整備をした。
整備班長の村崎少尉の元に、後から出発した鵜沢軍曹がフィリピンのリンガエン海岸に不時着して負傷、そのまま入院したという知らせが入った。整備担当の藤本軍曹は、機体の調子は良くなかったけれど不時着するほどではなかったと、村崎少尉に答えた。嘉義飛行場を出る時に、スロットル・レバーが突然、壊れていた一件も伝えた。どう考えても、鵜沢軍曹が故意に機体を壊し、不時着したとしか考えられなかった。二人の表情は厳しくなった。

28日、万朶隊に対する待遇は一変し、椰子ぶきの家から、瓦ぶきの設備のよい建物に移された。新しい防暑服も支給された。隊員達は、鉾田を出発する時も、汚れたままの服だった。
佐々木は、熱帯の直射日光によって40度以上の熱気が充満する機内で、爆弾を落とす方法を探し続けた。

儀式好きの冨永司令官

29日、岩本大尉は突然、リパから約400キロ離れたネグロス島のシライに行くように命令を受けた。シライには、第四航空軍の冨永恭次《とみながきょうじ》司令官がいた。

冨永司令官は、儀式が好きだった。特攻隊がフィリピンに到着したことを知り、隊長に会いたいと言い出した。冨永司令官は、兵隊の手を握り、肩を抱き、握手をして激励することが得意だった。制空権のない遠路を呼び寄せるのは危険だと、参謀達は止めたが、聞き入れなかった。

岩本大尉ははっきりと不機嫌だった。銃座を外した九九双軽たった一機で、アメリカ軍機が飛び交う中、400キロも遠く離れたネグロス島まで、わざわざ配属の申告に行く意味を見いだせなかったのだ。マニラの軍司令部に司令官がいなかったので、岩本大尉は代わりに参謀長にすでに申告をすませていた。組織的にはそれで充分だった。

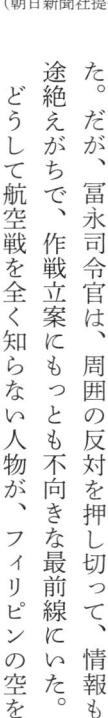

軍司令部の参謀達は、冨永司令官がマニラに戻って指揮を執ることを望んでいた。航空の素人だった冨永司令官は、陸戦のイメージから、勇敢な司令官は最前線にいるべきだと思っていた。だが、航空戦では、情報が集中する場所に司令官はいるべきだったのだ。それが、フィリピンの首都、マニラだった。だが、冨永司令官は、周囲の反対を押し切って、情報も途絶えがちで、作戦立案にもっとも不向きな最前線にいた。

冨永恭次司令官
(朝日新聞社提供)

どうして航空戦を全く知らない人物が、フィリピンの空を戦う第四航空軍の最高司令官なのか——もちろん理由がある。

冨永司令官は、好き嫌いの激しかった東條英機前首相（兼陸軍大臣兼参謀総長）のお気に入りで、司令官になる前は、陸軍次官と人事局長を兼任していた。陸軍次官は、陸軍大臣に次ぐ陸軍のナンバー2だ。

東條首相は、絶対国防圏（1943年9月30日に決められた、本土を防衛し戦争を継続していくために絶対に守らなければいけない範囲）であるサイパン陥落の責任を取って辞職した。その時、陸軍次官だった冨永は、東條を陸軍大臣に再任するように要求した。責任を取って首相を辞職したのに、陸軍大臣を続けるというのは、あまりに非常識な要求だった。小磯国昭《こいそくにあき》首相がこれを拒否すると、冨永は自分自身を陸軍大臣に推薦した。そして、拒否されると「では、陸軍は大臣を出さない」と居直った。なんとか小磯側は戦い、説き伏せたが、冨永は次官のまま残った。

しばらくして、冨永次官が陸軍省の自動車を、東條大将の私用に提供したことが問題になった。東條派の影響を一掃したいと狙っていた反東條派は、これ幸いと冨永をフィリピンの第四航空軍司令官に転任させた。

小磯内閣の杉山陸軍大臣は「どうだ、うまい人事だろう」と得意気に語った。日本の陸軍本部から東條派の冨永を、それなりの役職を与えて追い出し、なおかつ、航空の素人であるからフィリピンで死ぬかもしれない、というやっかい払いの意味だった。

東條の影響を排除したい人間達からすれば、妙案かもしれないが、押しつけられる方はたまったものではなかった。陸戦の経験さえほとんどなく、航空戦に関しては、全く無知で経験もない人物が、激戦のフィリピンの航空軍の総司令官になったのだ。

軍隊は階級社会である。命令は絶対だ。その命令がどんなに無意味でもトンチンカンでも不合理でも、絶対服従が軍隊のルールである。それが軍隊を軍隊たらしめている唯一の原則だ。フィリピンに着いて以来、冨永司令官は、航空戦に無知ゆえに不合理な命令を繰り出していく。冗談としか思えない指令で、多くの兵隊が死んでいった。上層部の派閥争いの割を食うのは常に末端の人間なのだ。

ネグロス島のシライで冨永司令に着任の申告を終え、なんとか無事にリパに戻った岩本大尉は、和子にあてて、次のような手紙を書いた。

「和子殿

其後、御壮健なりや。小生二十六日、無事比島到着。万朶部隊の名をもらい部隊長として、大いに張り切っている。(中略)其の名に恥じざるようにがんばるぞ。なにとぞ御安心下されたく。御父母様はいかに。精々孝養されたく、また御身の体は、くれぐれも大切にするようお願いする。（中略）今度の比島の生活は、この前と異り食欲もあり、涼気満ち、内地の秋のようで、至極好調なり。

しばらく便りできぬかも知れぬ。御自愛のほどを。

十月二十九日」

岩本隊長の作戦

そして、30日は、熱帯の強い雨が降っていた。佐々木達は、今日は休めると話し合っていると、岩本大尉は操縦者だけを航空寮の一室に集合させた。攻撃方法について研究する、ということだった。

壁には、フィリピン全図が張り出してあった。岩本隊長はその前に立った。緊張した顔でゆっくりと口を開いた。

「我々の任務は、レイテ湾のアメリカ艦隊を爆撃、撃沈させることにある。その攻撃方法を、今から研究するのだが、その前に、我々の飛行機について説明する。

我々のもらった九九双軽には、ツノが3本のもあれば、1本のもある。3本もつけたのは、爆発を確実にさせるためということだが、実際には、1本あれば充分である。また、あんな長いものが3本も突き出していては、飛行に差し障りが起こる。そこで、ここの分《ぶん》廠《しょう》に頼んで3本のものは1本にしてもらった」

操縦者達は、思いがけない話に驚き、岩本隊長の鋭い目を見つめた。

リパには、マニラ航空廠の第三分廠があって、飛行機の修理、整備をしていた。岩本隊長は自分だけの判断で変更させたと言うのだ。

「もうひとつ、改装をした部分がある。それは爆弾を投下できないようになっていたのを、投下できるようにしたことだ」

佐々木達は、思わず息を飲んだ。そして、お互いに顔を見合わせた。信じられない言葉だった。

「投下すると言っても、投下装置をつけることはできないので、手動の鋼索《こうさく》（ワイヤーロープ）を取り付けた。それを座席で引っ張れば、電磁器を動かして爆弾を落とすことができる。それならば、1本にしたツノは、なんのために残したかといえば、実際には、なんの役にも立たない。これも切り落としてしまえばよいのだが、それはしない方がよい。

というのは、今度の改装は、岩本が独断でやったことだ。分廠としても、四航軍（第四航空軍）の許可がなければ、このような改装はできない。しかし、分廠長に話をして、よく頼み込んだら、分かってくれた。

分廠長も、体当たり機を作るのは、ばかげた話だと言うのだ。これは当然のことで、操縦者も飛行機も足りないという時に、特攻だといって、一度だけの攻撃でおしまいというのは、余計に損耗《そんもう》を大きくすることだ。要は、爆弾を命中させることで、体当たりで死ぬことが目的ではない」

岩本隊長は次第に興奮し、語調が熱くなった。

「念のため、言っておく。このような改装を、しかも四航軍の許可を得ないでしたのは、この岩本が命が惜しくてしたのではない。自分の生命と技術を、最も有意義に使い生かし、できるだけ多くの敵艦を沈めたいからだ。

体当たり機は、操縦者を無駄に殺すだけではない。体当たりで、撃沈できる公算は少ないのだ。こんな飛行機や戦術を考えたやつは、航空本部か参謀本部か知らんが、航空の実際を知らないか、よくよく思慮の足らんやつだ」

岩本隊長の怒りのこもった言葉を聞いているうちに、佐々木は体中が熱くなった。そして、心の中につかえていたものが、一度に消えるように感じた。

佐々木はずっと迷っていた。もし、爆弾を落とす方法を見つけたとしても、勝手に飛行機を改装することは許されない。もし見つかったら、いったいどうなるか。

その迷いを岩本隊長は一気に吹き飛ばしてくれた。

それから、岩本隊長は、攻撃要領の説明を始めた。想像を超える対空砲火を浴びることを覚悟すること。防御火器がないことを肝に銘じること。

佐々木ら下士官は、「跳飛爆撃」の訓練は受けていなかった。岩本隊長は、急降下爆撃について、両手を使って、急降下の角度や方向を丁寧に説明した。

急降下は、まっすぐ一直線に、船の「軸線」に沿って突入すること。船を横からではなく、縦に1本の線として見る。その方向を「軸線」と称した。

艦船の横側から急降下してしまうと、艦船との近接は一瞬で終わってしまう。だが、「軸線」に沿って急降下すれば、一定の時間、近接が可能になる。小さな艦船でも100メートル、大きければ上甲板は200メートルになる。これだけ長くなれば、爆弾が命中する可能性は高くなる。

ただし、敵戦艦の艦尾の方向から急降下しなければならない。なぜなら、いくら「軸線」に沿っていても、艦首から接近してしまうと、自分の速度と相手の速度が合算され、上甲板に接近する時間が短くなってしまうのだ。

「急降下の時に、不幸にして、その上空で被弾しても、軸線に入っていれば、最後の処置として体当たりも容易であるから、無駄に死ぬことがない。しかし、これぞと思う目標を捉えるまでは、何度でも、やり直しをしていい。それまでは、命を大切に使うことだ。決して、無駄な死に方をしてはいかんぞ」

岩本隊長の言葉がさらに熱を帯びた。操縦者達は身が引き締まる思いだった。

岩本隊長は謄写版で印刷したフィリピンの要図を配った。そこには、日本軍が使っている全飛行場の位置と地名が記されていた。

部隊や燃料のある飛行場や敵が近く危険な飛行場など、150近い飛行場が示されていた。それは、どんな状態であろうと、とにかく着陸できる場所、ということだった。

岩本隊長は、それらを詳しく説明してから力強く言った。

「出撃しても、爆弾を命中させて帰ってこい」

集会室には異常に緊迫した空気が満ちていた。あきらかに命令違反であり、抗命の重罪だった。軍隊では死刑に相当する発言だった。

全員が黙って岩本隊長を見つめた。

それから5日間、万朶隊は出撃命令を待ちながら、毎日、激しい訓練を続けた。岩本隊長は、急降下だけではなく、着陸訓練も繰り返した。時には、不安定な着陸を見せた奥原伍長を叱りつけもした。

11月1日には、リパ飛行場に各新聞社の特派員が来ていた。陸軍最初の特別攻撃隊を取材するためだった。生きて帰らぬはずの万朶隊が、急降下訓練だけではなく、着陸訓練を繰り返すことに疑問を持つ者はいなかった。ただ、佐々木ら隊員だけが、その意味を知っていた。

11月3日の訓練の後には、奥原伍長が佐々木に、自分はヘボだから急降下爆撃は苦手だと弱音を吐いた。佐々木は、思い切って突っ込めば大丈夫だと自信に満ちた声で返した。500メートル以上の高さで爆弾を落とせば自分の飛行機は安全だが、必ず命中させるためには、500メートル以下に突っ込む必要がある。ギリギリまで近づけば必ず命中する。

「それで、うまく離脱して逃げられればいいけどな」奥原伍長は不安な表情を見せた。

「投弾してすぐに飛行機を引き上げたら、後ろからモロに撃たれると思う」佐々木は答えた。だから投弾したら、そのまま、上昇しないで艦船の舷側に滑り込めばいい。舷側は死角になっているから絶対に安全だ。そこから海面すれすれに離脱するんだと、佐々木は力強く言った。

奥原伍長は「500メートル以下に突っ込んで、機体をひねるのが1秒でも遅れたら海に突入してしまう」と心配そうに言った。

佐々木は、自分はやれると思うと胸を張った。さらに不安な顔をする奥原伍長に、生きて帰るためには、これしか方法はないんだと佐々木は念を押した。その言葉を聞いて、自分もそれで行くと奥原伍長は答えたが、自信はなさそうだった。佐々木も、奥原には無理かもしれないと内心感じていた。だが、口には出さなかった。

理不尽なマニラ行き

11月4日、岩本隊長以下5名の将校は、マニラに来るように命令を受けた。ネグロス島にいた冨永司令官がようやくマニラに戻ることになり、儀式好きの司令官は、陸軍最初の特攻隊員と宴会をしようと決めたのだ。

もうひとつ、岩本隊長が九九双軽を許可なく改装したという情報が届き、マニラの司令部で参謀達が直接事情を聞こうという理由もあった。だが、司令部はそれを深刻なものとは考えず、副次的な扱いだった。一番の理由は、岩本隊長達をマニラの料亭『広松』に招き、芸者を見せ、酒を飲ませ、冨永司令官自らが激励することだった。

その夜、佐々木と奥原伍長が将棋を指すつもりで集会室に行くと、将校達がいた。思わず立ち止まると、安藤浩中尉が「遠慮せず入れ」と声をかけた。リパに来てからは、将校と下士官の垣根が低くなっていた。特攻隊という死が前提の部隊に放り込まれ、心と心を寄せ合う気持ちになっていたのだ。

園田芳巳中尉が、明日、岩本隊長以下、空中勤務者（操縦や通信）の将校は全員マニラに行くから、隊長におみやげを頼むといいと軽口を叩いた。岩本隊長は笑って、二人をたきつけることはないと返した。岩本隊長の久しぶりの笑顔だと佐々木は思った。

翌5日、午前8時。岩本隊長は、午前中は飛行機の整備、午後は飛行訓練を実施するようにという訓示を佐々木達に与えた後、将校4名と共に九九双軽に乗り込みマニラに向けて離陸した。

ルソン島は快晴だった。太陽はすでに高くなり、陽差しは皮膚に痛いほど強かった。アメリカ軍の空襲が、毎朝、定期便のように始まる時刻だった。岩本隊長達が乗っている九九双軽は、一門の機関砲もなく、一機の護衛もつかない状態で、単独でマニラを目指した。

岩本隊長の離陸からしばらくして、リパ飛行場は二度、アメリカ軍の空襲を受けた。佐々木が経験する、初めての激しい攻撃だった。爆弾が空気を切り裂いて落下する音が聞こえ、続いて凄まじい爆発が連続して起こり、地面が揺れた。

佐々木は、椰子の根元にしがみつくように伏せるしかなかった。機銃掃射が椰子に当たる音がして、大きな葉が佐々木達の上にばさばさと落ちた。万朶隊の民間整備員1名が死亡し、操縦者1名と通信員1名が重傷を負った。

午前11時過ぎ、第四航空軍司令部から、万朶隊宛てに無電が送られてきた。

「岩本隊長は出発せしや。状況によりては、地上、自動車にてこられたし」

リパとマニラの直線距離は約90キロ、九九双軽なら、20分足らずで到着する予定だった。岩本機は、午前8時に出発したのだ。

午後になって、もう一度、「岩本隊長は出発せしや」という無電が届いた。万朶隊全員が暗い予感に怯えた。ただ、岩本隊長は操縦の名手であり、もし、アメリカ機と遭遇しても、どこかに逃げきったに違いないと思い込もうとした。

夜9時過ぎ、万朶隊に、岩本隊長の乗った九九双軽がグラマン戦闘機に襲われて墜落、岩本隊長以下4名の将校が戦死したという知らせが届いた。

午前8時を少し過ぎた時間に、海軍の若い操縦者が偶然、一部始終を目撃していた。九九双軽は、マニラ近くを高度400～500メートルで飛んでいた。その高度は、マニラ周辺の飛行場を探しているためかと、目撃した操縦者は思った。

突然、九九双軽の後上方から、二つの黒点が落下するのが見えた。グラマン戦闘機2機だった。2機は後上方から急降下しながら射撃を続け、急上昇した。九九双軽は急旋回しながら、バイ湖の岸の方に隠れた。そして、その方向から黒煙が上がった。

すぐに、救助隊が編成され、急行した。そして、マニラ近く、バイ湖のほとりで岩本隊長以下4名の遺体は発見、回収された。通信担当の中川克己少尉だけは重傷だった。4名の将校操縦者はグラマンの機銃掃射を受けて、即死状態だった。

万朶隊員達は、祭壇を作って、その前で通夜をした。

誰もが泣いた。そして、マニラに呼び寄せた命令の理不尽さを罵った。岩本隊長達は、冨永司令官の宴会のために死んだのだ。

陸軍最初の特攻隊は、隊長だけではなく、将校の操縦者を一気に失ってしまった。

前夜、集会室で岩本隊長はこう言っていた。

「飛行機乗りは、初めっから死ぬことは覚悟している。同じ死ぬなら、できるだけ有意義に死にたいだけさ。敵の船が一隻も沈むかどうかも分からんのに、ただ体当たりをやれ、『と』号機（特攻用飛行機）を作ったから乗って行け、というのは、頭が足りないよ」

佐々木は、歯嚙みしながら岩本隊長の無念を思った。涙が溢《あふ》れて止まらなかった。

残された者

1944年（昭和19年）11月8日、万朶隊はリパ飛行場からマニラ市の隣にあるカローカン飛行場に移された。パイロットの将校を全員失い、作戦行動も充分にできないので、第四飛行師団の指揮を受けるために、マニラに近い飛行場に移ったのだ。

残された下士官操縦者で健在なのは佐々木を入れて5名だけだった。5日の空襲で結局、2名が負傷し、不時着した鵜沢軍曹は入院したままだった。

11月10日、残された万朶隊は冨永司令官に呼ばれた。

「諸子は先般、敬愛する上官を失ったが、たわむことなく、上官の分まで任務達成に努力されよ」冨永司令官は、佐々木以下9名の万朶隊に向かって演説を続けた。

「とくに注意しておきたいのは、早まって犬死にをしてくれるな、ということである。目標が見つかるまでは、何度でも引き返してさしつかえない。また、それまでは体を大事にしてもらいたい」

佐々木は雲の上の存在である司令官の顔をじっと見た。

「最後に言っておきたいことがある。それは、諸子だけを体当たりさせて死なせるのではないということである。諸子のあとからは、第四航空軍の飛行機が全部続く。そして、最後の一機には、この冨永が乗って体当たりをする決心である。安んじて大任をはたしていただきたい」

佐々木はこの言葉に感激した。岩本隊長の死の原因を作ったのは冨永司令官だという思いもあったが、佐々木は冨永司令官の言葉に温情と勇気を感じ、力を得た。

鉾田では、東京から戻っていた岩本隊長の妻和子が、夫の死を電話で知らされていた。和子は「泣いてはいけない。自分は軍人の妻だ」と思って、力を込めて太股の肉をつかんで懸命に堪《こら》えた。

11月11日、アメリカ軍機動部隊発見の報がもたらされた。万朶隊は緊急待機の状態になった。夜になって、明朝出撃の命令が伝えられた。「レイテ湾の敵艦船に必殺攻撃を実施すべし」というものだった。

すぐに、日本料理屋で送別の宴が催された。出撃する佐々木を含めた5人の隊員は床の間の上座に座らされた。向かい合った下座には、第四飛行師団参謀長の猿渡篤孝大佐をはじめ、飛行場勤務の将校達が並んだ。

出撃の夜

11月12日、午前3時。カローカン飛行場の片隅にあるテントに、冨永司令官と猿渡参謀長、そして万朶隊の攻撃隊員と残留隊員達が集まった。その姿を、ヤシ油を燃やした赤黒い光が浮かび上がらせた。

白布をかけたテーブルには、中央に一升瓶が3本、その周りにはのりまきや紅白の餅《もち》、タバコなどが並べられていた。

佐々木達攻撃隊員の胸には、白布に包んだ小箱が吊るされていた。残留隊員が用意した遺骨の箱だった。小箱を包む白布の端は、佐々木達の首の後ろで結ばれていた。

それぞれの小箱の前には、5日に亡くなった将校達の名前が小さく書かれていた。遺骨はマニラの東本願寺に納められたので、箱の中には分骨の意味で霊位を記した紙片が入ってい

出陣前の乾杯をする万朶隊員。左から佐々木友次伍長、生田留夫曹長、田中逸夫曹長、久保昌昭軍曹、奥原英彦伍長（毎日新聞社提供）

た。佐々木の首から吊るされた小箱には「川島中尉之霊」と書かれていた。「岩本大尉之霊」と書かれた小箱は、田中曹長の胸に吊るされていた。

冨永司令官は激励の訓示を語った。諸君は必ず大戦果を挙げることを確信していると始めた後、「必ず、空母を狙え。空母が見当たらなければ、戦艦をやれ。それでも格好の獲物がない時は、ためらわずに引き返して再挙をはかれ。決して小型艦などに体当たりをしてはならない」と先日と同じことを繰り返した。

猿渡参謀長は、日本酒で乾杯した後、「のりまきでも餅でも充分に食べて腹ごしらえをしてもらいたい」と勧めた。

田中曹長は「はい」と答えたが、手を出さなかった。田中曹長の一番機に同乗する通信手の生田《いくた》留夫《とめお》曹長は「腹一杯ですから」と言ったが口元が震えていた。久保昌昭《まさあき》軍曹の顔色も変わっていた。

誰も物を食べる気持ちになれないようだった。

さらに酒を勧める猿渡参謀長の声に、奥原伍長の手が震えてテーブルの上のコップを倒した。酒が流れ、コップは下に落ちて割れた。

佐々木は、その姿を見て、奥原伍長がお互いの約束通り、敵を爆撃して生還することは難しいかもしれないと感じた。

佐々木は自分でも意外に思うほど、冷静な気持ちだった。身が引き締まり、闘志が燃えるのを感じていた。「人間は、容易なことで死ぬもんじゃないぞ」日露戦争を生き延びた父親の言葉を何度も胸の中で繰り返した。

田中曹長は、隊員に整列を命じ、4機の飛行機に乗るパイロット4人と通信手1人、万朶隊5人は闇の中に走り出た。

暗闇の中に、点々と赤い小さな火が燃え上がり、長い2本の線を作った。地上勤務の兵達が、ヤシ油の標識灯に火を付けたのだ。2列の赤い点線が、暗闇の中に幅30メートル、長さ1200メートルの滑走路を浮かび上がらせた。

激しい爆音が響いて、掩護《えんご》（援護）戦闘機の隼《はやぶさ》が20機、始動態勢に入った。海軍の誇る戦闘機は零戦、そして陸軍が誇るのが隼だった。

特別攻撃隊の九九双軽は銃火器を取り外して、丸裸の状態だ。なおかつ、550キロ爆弾が最大定量なのに800キロを積んでいる。速度も遅くなり、動きも鈍くなる。だからこそ、アメリカ軍の攻撃から特別攻撃隊を守る掩護の戦闘機は絶対に必要だった。

佐々木は操縦席に乗り込み、首にかけた川島中尉の遺骨箱を傍に置いた。目の前では、さまざまな計器が深海魚のように、弱く冷たい光を放っていた。ガソリンの量は、タンク一杯を示している。

佐々木は機械や計器類を一通り点検してスイッチを入れ、フラップ（補助翼）を下げた。定員4名の九九双軽の操作を、たった独りでやらなければならない。

隼

なおかつ、800キロの爆弾に3メートルの死のツノだ。通常の飛行とはまったく違う。離陸は容易ではない。佐々木は興奮し、同じぐらい緊張した。

夜はまだ明けず、下弦の月が高くかかっていた。熱帯の月なので、細くても明るく輝いている。夜明け前で暑くもない。日本で言えば、初秋ぐらいの気温だった。

爆音が響き、最初に万朶隊を戦場に誘導する「百式司偵《ひゃくしきしてい》」と呼ばれる大型で高速の飛行機が夜空に舞い上がった。

次は、万朶隊の田中曹長の一番機と久保軍曹の二番機だ。三番機は奥原伍長、四番機が佐々木だった。

佐々木は操縦桿を握りしめて、前方を睨んだ。暗闇の両側にヤシ油の標識灯が2本、遠く長く続いている。後ろから、後に続く掩護の隼戦闘隊の爆音が近づいてきた。

全身が震えるほどの緊張感に佐々木は襲われた。17歳の時に仙台で初めて飛行機に乗って以来、こんなに緊張したことはなかった。

前方で光の輪が動いた。出発の合図だ。田中曹長機と久保軍曹機が、排気ガスの青白い炎を流しながら滑走路を走り出した。

「しっかりやれ！」「隊長殿の仇を頼むぞ！」残された万朶隊のメンバーと第四飛行師団の兵達が声の限りに叫ぶ。

佐々木は両手を顔の前で振って合図をした。整備員がすぐさま車輪止めを外した。

佐々木はブレーキを押さえながら、レバーを入れた。ブレーキをゆるめると、機体はまっすぐに走り出した。

前方に見える赤い点々が後ろに流れ、すぐに一本の線になった。機体が重い。８００キロ爆弾の抵抗が操縦桿を握る佐々木の手にはっきりと伝わって来る。800キロ爆弾は大きすぎて、機体の爆弾倉に入りきらず、下の部分がはみ出している。その分、予想外の空気抵抗を受けている。さらに死のツノも複雑な抵抗を生む。

佐々木は操縦桿を握りしめ、懸命に計器に目を走らせた。ブースト、プラス200。速度、140、150、160。

機体の車輪が大地を離れた。地上のヤシ油の赤い線が急速に暗黒の底に流れ去った。通常ならここで操縦者の仕事は一区切りつくが、独りだと続けてやることがある。フラップを閉じる。車輪を上げる。緊張の時間は終わらない。

やり損なえば、失速して墜落する。離陸した瞬間は、一番危険な時なのだ。操縦桿を握っている右手を慎重に離し、素早く左手に持ち替えた。右手でフラップを上げると機体は急に軽くなった。次に全身の力を込めて車輪を引き上げた。飛行服の下に汗が吹き出した。

佐々木は周りを見て僚機を探した。月が近かった。高度計の針は200を指しながら震えている。一面の星空だった。その中に、動いている赤い星があるはずだ。それが僚機の翼灯だ。探しながら、機体は一直線に上昇し続けた。

夜、空中集合は難しかった。編隊が空中でお互いを確認できず、攻撃を中止することもあった。夜間、視界が悪い中、レーダーを持たず、自分自身も高速で飛びながら、仲間を探し、集合することは、ある一定以上の技量が求められた。

しばらくして、佐々木はひとかたまりの青白い炎を見つけた。排気管の炎だった。佐々木はそれを目指して星空の中を飛んで行った。

カローカンはすでに遠くなり、大地は深い暗闇の下にあった。

佐々木の前方と左方に3機の赤い翼灯と青白い排気ガスの炎がはっきりと見えた。危険な離陸上昇の時期を過ぎ、空中集合も終わった。エンジンは調子よく回転している。佐々木は後ろを振り返った。

万朶隊に続いて離陸したはずの掩護の隼20機の位置は分からなかった。

高度3000メートル。午前4時30分。星空。まもなく夜は明けるだろう。戦場の上空に着くまでに、まだ2時間近くある。室内灯の小さな光を受けた自分の顔が、風防ガラスに映っている。

「しっかりやれよ」佐々木は自分に呼びかけた。岩本隊長の仇を取るんだ。

岩本隊長のためにも、絶対に成功させなければいけない。爆弾を敵艦船に当てて、生きて帰って来るんだ。

レイテ湾の戦い

空が明るくなってきた。薄い朝の光の中で、佐々木は異常に気付いた。自分の前方と左方に3機いるはずの僚機が2機しかいないのだ。ぐるりと周りを見渡したが、どこにもいない。2機の位置から見て、いなくなったのは、奥原伍長の三番機だった。なにか事故を起こしたのか、エンジンが不調になったのか。編隊を見失ったのか。それとも、ただ引き返したのか。

佐々木ははっと、奥原伍長の不安な顔を思い出した。奥原伍長は「急降下爆撃は苦手なんだ」と言った。テントでは手が震えるほど緊張していた。

レイテ湾に行くことは、死と向き合うことだ。ひょっとしたら、奥原伍長は耐えられなかったのかもしれない。死を前にして、思わず引き返したのかもしれない。そう思うと、佐々木は奥原伍長がかわいそうになった。

空は徐々に明るさを増してきた。佐々木は上空の点々とした黒い機影に気付いた。掩護の隼戦闘機の編隊だった。万朶隊より300メートルほど高く高度を取り、左右に飛びながら、アメリカ軍を警戒していた。短い翼がきらきらと光った。

その姿に、佐々木は興奮し、体が熱くなった。奥原伍長のことは自然に気にしなくなった。

遥か遠くの下の方で、太陽が雲を分けて現れ、強烈な光の線を伸ばし始めた。

「この戦闘隊の目の前で、見事800キロ爆弾をぶち当ててやるんだ」佐々木は心の中で誓った。

佐々木は前方の田中曹長機を見つめた。編隊飛行中は、隊長機に7、周囲に3の注意が必要と教えられた。

翼の下には、白い波が打ち寄せる海岸線が見えていた。それが、なめらかに光っている海と、濃い緑の樹林に覆われた陸地を区切っていた。大きな島だった。サマール島だと佐々木はすぐに分かった。この島の南の端が目標のレイテ湾だ。

比島の空を出撃する佐々木伍長機

青空を飛ぶのは本当に気持ちいいと佐々木は思った。いや、夜も気持ちいい。だが、朝日の中、青い海を下に見て、青空を飛ぶのは、本当に幸せだった。

たとえ、今から死と直面すると分かっていても、空を飛ぶことが自分は大好きなんだと佐々木はあらためて思った。

自分が奥原伍長のように緊張しないのは、生来の負けん気と操縦の自信と父親の「人間は、容易なことで死ぬもんじゃないぞ」という言葉のせいだと思っていたが、ただ単純に空を飛ぶことが好きだからかもしれないと佐々木は思った。

高度500メートルに上昇した。しばらくして、前方の低い雲の下に灰色がかった青い海が見えてきた。

レイテ湾だ。

佐々木は操縦席に取り付けた2本の鋼索の取っ手の一つをつかんだ。岩本隊長が航空分廠に頼んで改装したものだった。

佐々木はぐいっと引っ張った。投下する爆弾を吊るしている電磁器の安全装置が解除された。これで、もう一つの鋼索を引けば、爆弾はいつでも投下できる。

レイテ湾に近づいたということは、危険空域に突入したということだ。佐々木がレイテ湾を見ている時、アメリカ軍もレーダーによって日本軍の編隊をとらえていると思って間違いない。いつ、どこからアメリカ軍の戦闘機が襲いかかるか分からない。佐々木は全身が引き締まるのを感じながら、絶えず、警戒の目を動かした。

その時、掩護の隼戦闘機の編隊が形を崩した。隼機はそれぞれに離れて、前後左右に飛んで行った。その翼の下から黒く丸いものが落ちていく。ガソリンの搭載量を増加させるためにつけた補助タンクだ。

そのまま、ぐんぐんと上昇していく隼機もいた。隼の編隊は、戦闘隊形に移ったのだ。

佐々木は素早く時計を見た。5時40分。上半身を伸ばして下を覗いた。高度1200メートルから1300メートルの所に、白い断雲《だんうん》が広がっている。その間に濃紺の海面が見えた。

田中曹長機、久保軍曹機は、間隔を崩さずにレイテ湾に向かって突進を続けている。万朶隊の特攻機3機は、レイテ湾のまさに上空に達した。

「俺は今、敵の頭上にいる」

非常な緊張感と同時に激しい気力が湧き上がってきた。

海面を見ていた佐々木の目に黒い影がちらりと映って、すぐに断雲の下に隠れた。佐々木はそこから目を離さずじっと見つめた。断雲の層が流れ去った。

「いた！」1隻、2隻、3隻。レイテ湾の外に向かって、一列の単縦陣で進んでいた。白い航跡が見える。

戦艦か。いや、少し小さい。だが、軍艦には間違いない。

田中曹長も気付いているらしく、その方向に進路を変えた。佐々木は後を追いながら、なお海面を探した。だが、空母の姿は見えない。

田中曹長は艦船に対して、艦首の方向から軸線に入ろうとしていた。久保軍曹も続いている。

理想的な突入は、艦尾からだ。艦首からだと、岩本隊長が説明したように、自分の飛行機の速度と敵艦の速度が合算されてしまう。

さらに、太陽を背にして突入するのが最も望ましい急降下攻撃だ。艦船からの砲撃が、太陽の目くらましでいくらか精度が落ちるからだ。だが、うまく太陽の位置が合わない。

もうひとつ、高度が高すぎることも佐々木は気になった。現在の高度は5000メートルだ。鉾田飛行場以来、急降下爆撃の訓練の時には、高度は3000メートルだった。それ以上の高度から突っ込んだことは、一度か二度しかなかった。

高度が高ければ、突入の角度が浅くなる。結果、目標を捉えるのが難しくなるのだ。

3機は艦隊の真上に迫ろうとしていた。艦首からの突入になってしまったので、数秒の後には、艦隊と飛行機が行き違って、攻撃のチャンスを逸してしまう。

その時、田中曹長機が翼を振って突入の合図を出した。久保軍曹機も続いた。2機は機首を下げて、急降下に入った。

突入

佐々木が目標を見定めようとして下を向いた時には、軍艦はかなり下方に来ていた。少し入りすぎたと佐々木は一瞬、不安になった。が、同時に操縦桿を力一杯、押し倒していた。

目標は三番艦だ。急降下によって圧力がかかり、全身が引き裂かれそうな強い衝撃に包まれた。大きな音をたてて、操縦席の後ろに飛び上がるものがあった。川島中尉の遺骨箱だった。

たとえ艦尾から軸線に入っても、そもそも艦船は真っ直ぐに逃げたりしない。艦船は空襲を受けるとジグザグの回避行動に出る。時速500キロ以上の速度で急降下する飛行機は、ジグザグ行動の先を予想して突っ込まなければいけないのだ。

読みを誤れば、艦船ではなく海に突進することになってしまう。実戦での急降下攻撃は、はるかに難しい。

突入角度は40度前後だったが、体感としては、垂直に落下していく感覚に近かった。佐々木は歯を食いしばり、必死になって目を見開いた。頭の上に海が青い幕のように広がっていく。

目標はどこだ。軍艦はどこだ。操縦桿を押しているが、軍艦を捉えられない。苦痛と不安と焦りが湧き上がってくる。

速度計の針は、500キロから550キロ、そしてついに600キロを超えた。

全身の血液が頭に充満し、噴き出しそうだった。これ以上速度を上げると、九九双軽は空中分解する。圧力に負けまいと力む頭で佐々木は考えた。

急に飛行機の中が蒸し暑くなり、目の前の風防ガラスが曇った。海面が近くなったのだ。佐々木はほとんど無意識に頭の上の天蓋（キャノピー）を引き上げた。

さっと風防ガラスの曇りが取れると、目の前に波が動いていた。反射的に操縦桿を引き起こした。全身が投げ出されそうな衝撃をうけると、目の前の海面が青空に変わった。両翼の下から、海面が流れ去り、遠ざかっていった。

気がつけば、激しく呼吸していた。胸と肩が大きく上下した。操縦桿を握っている手がけいれんしている。

機首の前方に白い断雲が続いていた。あの中に隠れよう。咄嗟にそう思った。

高度1200メートル。佐々木は雲に隠れながら海面を探したが何も見えなかった。艦首から突入したので、すでに艦隊は遠く離れたに違いなかった。翼を傾けて、飛んできた方向を確認したが、3隻の艦船はどこにも見えなかった。

「田中曹長はどうしただろう。久保軍曹は……」

空には何も見えなかった。命中していれば、黒煙が上がっているはずだった。だが、海面には何の痕跡《こんせき》もなかった。

敵の艦隊が射撃してきた動きはなかったから、撃墜《げきつい》されたとは思えなかった。

田中曹長は攻撃のタイミングを誤ってしまった。数秒、遅れてしまったんだ。佐々木はそう考えるしかなかった。

翼を水平に直すと、前方に濃い緑の山が見えた。レイテ島のようだった。地上部隊が地獄を見ているレイテ島だ。

レイテ島のタクロバン飛行場から敵の戦闘機が出てくるころだと、佐々木は素早く四方を見渡した。掩護の隼機は、どこにもいなかった。気がつけば、佐々木は戦場の上空で、ただ一機となった。こうなった以上、敵が出てくる前に一刻も早く、ここを離脱する必要がある。

佐々木は800キロ爆弾を落とすために必死で艦船を探した。

すると、小さな船を見つけた。船首が箱型に切り立ったようになっていた。部隊を輸送、上陸させる揚陸船《ようりくせん》だった。

佐々木は機体をすべらせて、船の軸線に入った。船はなぜか回避行動を取らず、ただ一直線に逃げていた。

佐々木は操縦桿を左手に持ち替えて、右手で鋼索の取っ手を摑《つか》んだ。800キロ爆弾の信管は、投弾後、2秒で爆発するようにしてある。

「今だ！」佐々木は操縦桿を強く前方に倒した。3メートルの死のツノをつけた九九双軽の機首は深く下がり、機体は吸い込まれるように急降下していった。

500キロの速度から来る圧力が、全身を歪め、血を逆流させた。

高度800メートル。佐々木は夢中で鋼索の取っ手を引いた。その瞬間、急に軽くなった機体が弾み上がるような衝撃を受けた。初めての実戦では、佐々木は500メートル以下まで待てなかった。

すぐに操縦桿を引き起こした。翼の下を船体が流れ去った。佐々木は急上昇しながら、振り返った。船体から離れた海面に大きな白い波紋が沸き立っていた。

「しまった」思わず、言葉が出た。

佐々木は急上昇を続けた。九九双軽は身軽になった。早く逃げろ。撃たれる。佐々木は背中に寒いものを感じた。前方に断雲があった。佐々木はその中に飛び込んだ。

ミンダナオ島に逃げようと佐々木は計画していた。生還するために前もって考えていた場所だ。レイテ島のアメリカ空軍の飛行場から遠く離れて安全な場所だった。

この場所を教えたのはもちろん、岩本隊長だった。雨の日に配ってくれたフィリピンの飛行場地図で知ったのだ。

佐々木は500メートルの高度で海上を1時間飛び続け、アメリカ軍機に発見されずに、ミンダナオ島のカガヤン飛行場に着陸した。

割り増しされる「戦果」

万朶隊の攻撃が行われた１９４４年（昭和19年）11月12日の午後、戦果の発表がマニラの軍司令部で行われ、新聞記者達が集まった。

軍の発表を元に新聞記事は書かれた。新聞記事は新聞社に送る前に、新聞記事は検閲され、軍の意向を無視した記事は許されなかった。

万朶隊の戦果は、「戦艦一隻、輸送船一隻を撃沈」と発表された。田中曹長の一番機が輸送船に体当たりをして撃沈。佐々木の四番機は、「戦艦に向かって矢の如く体当たりを敢行して撃沈」させた。

掩護戦闘機は同時に戦果確認機でもある。だが、写真撮影ではなく、肉眼での確認はじつに不正確だった。敵と戦い、特攻機を守り、敵の攻撃を避けながら、特攻機の戦果を確認するのは至難の業だった。

実際に、特攻が始まる前、１９４４年10月に起こった「台湾沖航空戦」では、「空母を19隻撃沈・撃破。戦艦4隻撃沈・撃破。巡洋艦7隻撃沈・撃破」と報告されたが、実際は、「巡洋艦2隻大破」だけだった。

戦いながらの戦果確認が難しい上に、基地に戻って報告する時、上層部の「これだけの犠牲を払ったんだ、もっと多くの戦果があるはずだ」という無意識の圧力がさらに戦果を

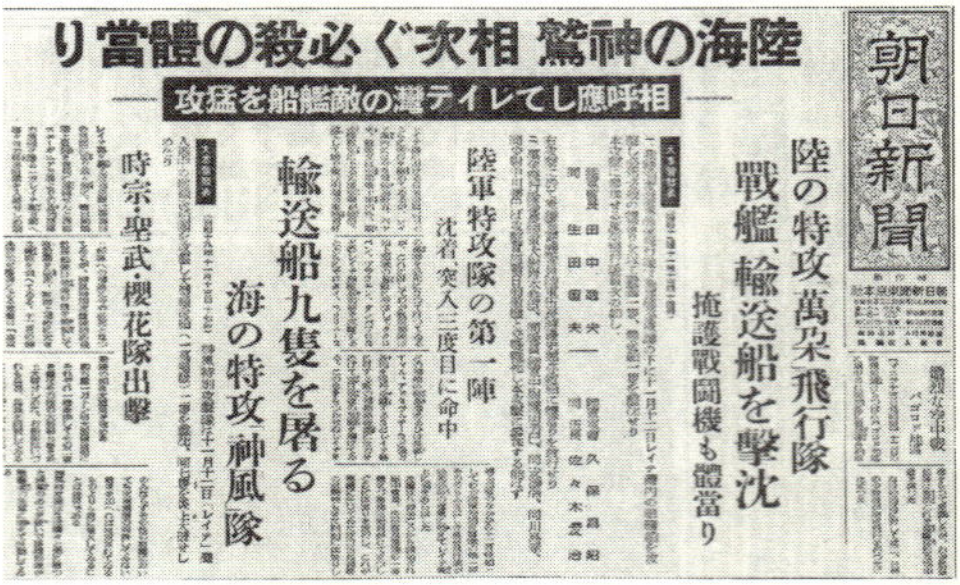

陸海の神鷲 相次ぐ必殺の體當り

相呼應してレイテ灣の敵艦船を猛攻

朝日新聞

陸の特攻萬朶飛行隊

戰艦、輸送船を撃沈

掩護戰闘機も體當り

陸軍特攻隊の第一陣

沈着、突入三度目に命中

輸送船九隻を屠る

海の特攻「神風」隊

時宗・聖武・櫻花隊出撃

朝日新聞1944年11月14日付一面より

大きくした。不充分な戦果では、壮烈な戦死を遂げた英霊が浮かばれないという思いから、誘導尋問が自然に生まれ、戦果は増え続けた。そして、軍部も国民もそれを信じた。

万朶隊の場合も同じことが起こった。新聞記者は、大本営の発表を元に、勇壮な記事を書き、二日後、内地の各新聞の一面に華々しく掲載された。

「万朶隊が必死征途にのぼる日、紺青の海に点々たる島々の景色はすがすがしきばかり。万朶隊の機影が堂々の轟音《ごうおん》すさまじく、レイテ湾上に現れたのは八時半すぎであった」という、新聞記事というより劇画調・講談調の文章が続く。

田中曹長が体当たりした輸送船は「紅蓮《ぐれん》の炎に燃えて轟沈し」、佐々木が突入した戦艦は「ものすごい火焰《かえん》をあげて、のたうちまわっていた」りした。

軍の検閲があるから、こういう記事を書いたというより、こういう記事を書いた方が国民が喜んだ、つまり、売れたから書いたと考えた方がいいだろう。売れるのなら、売れる方向に記者は熱を入れる。筆を競う。それが、さらに次の特攻を用意した。

大本営は、翌日13日午後2時に正式に陸軍の第一回特別攻撃隊の戦果を発表した。海軍の第一回特別攻撃隊は、空母を沈めたが、陸軍は戦艦を沈めた。空母に優るとも劣らない戦果である。

田中曹長ではなく、佐々木が沈めたと発表したのは、佐々木の操縦の腕が特別優秀だったからだろう。佐々木なら、戦艦を沈められるという説得力があったのだ。

ちなみに、『米国海軍作戦年誌』によれば、レイテ湾のこの日の被害は、「揚陸舟艇修理艦エジャリア、同アキリーズ、特攻機により損傷」だけである。船の形からみて、佐々木が攻撃した艦型と一致する。それ以外は、なんの被害の記録もない。

消された存在

大本営発表のしばらく後、ルソン島のカローカン飛行場の上空に、3メートルの死のツノを突き出した九九双軽が現れた。

着陸姿勢に入った時、万朶隊だと分かった地上勤務兵達は逃げ出した。800キロ爆弾を積んだまま着陸しようとしている、死のツノに触れたら簡単に爆発してしまう、と怯えたのだ。

やがて、無事に着陸した九九双軽に人々は殺到した。座席の天蓋が開いて、佐々木が姿を現した時、全員が信じられないものを見たという、驚きの声を上げた。

佐々木は、その反応が不思議だった。佐々木はミンダナオ島のカガヤン飛行場に不時着した時、すぐに無線の連絡を頼んでいたのだ。だが、それは届いていなかった。

人々は、口々に佐々木をほめた。戦艦一隻を沈めたという大本営の発表を信じていたのだ。

佐々木は、「やったかどうか、分からんよ」と熱狂する人達に正直に答えた。

そして、万朶隊のメンバーには、詳しく語った。その中に、奥原伍長がいた。

奥原伍長は「発動機が不調で、途中から帰ってきた」と伏目《ふしめ》がちに佐々木に言った。

佐々木は、エンジンの不調なら気にすることはないのにと思ったが、奥原伍長は元気がなかった。

しばらくして、第四航空軍から「翌日、報告に来るように」という命令が佐々木に届いた。

石渡俊行軍曹が重苦しい表情で「四航軍（第四航空軍）は慌てているんじゃないか。佐々木伍長は体当たりせり、なんて大本営へ報告したところへ、本人が帰ってきたんだから」と言うと、通信員の浜崎曹長が、「明日、軍司令部へ行くとしぼられるぞ」と脅かすように付け加えた。

「自分が狙ったのは、確かに揚陸船だったと思うんです。出発の時に、冨永閣下も、輸送船なんかに体当たりするな、と言われましたから、実際の通りに報告してきます」

佐々木はつとめて冷静に答えた。

しかし、整備の村崎少尉は、爆弾を落とせるように改装したことを、軍司令部は正式に許可していないことを心配した。それを問われたら、岩本隊長がやられたことで、帰還する時に800キロ爆弾を抱えては危険だからと答えるといいとアドバイスした。

「しかし、佐々木が帰ってきてよかった。今夜は生還祝いをやろう」村崎少尉が明るい声で全員を見た。

万朶隊のパイロットには、特別の食事が用意されていた。夕食の数に、佐々木を加えなければいけない。昨日の夜から佐々木の分はなかった。炊事に連絡して、用意してもらわないと、と浜崎曹長が言った。

佐々木は、その言葉で、自分の存在が消されていたことを実感した。

鉾田では、大本営のラジオ放送によって、岩本隊長の妻、和子の元にも新聞記者が殺到した。和子は、新聞記者を避けて、座敷の奥に隠れた。無遠慮な記者は、無断で庭に入り、和子を探した。

そして、この日、岩本隊長が博多で買った眠り人形が届いた。これが最後の贈り物か、こんなにも私を思ってくれていたのかと、和子は泣いた。

翌14日、佐々木の生まれ故郷、石狩郡当別村も前日の大本営発表のラジオ放送を聞いて大騒ぎになっていた。

緊急に招集された村会議は万歳を三唱し、黙禱《もくとう》し、「神鷲の偉業を顕彰するための委員会」設置を可決した。佐々木の生家に、村の人々は、雪を踏み、馬そりに乗って、弔問に来た。

同じ日、第四航空軍に呼ばれた佐々木は「大本営で発表したことは、恐れ多くも、上聞に達したことである。このことをよく肝に銘じて、次の攻撃では本当に戦艦を沈めてもらいたい」と参謀から言われた。

上聞、つまり、天皇に報告したことは、絶対に訂正できない。天皇に嘘の報告をしたことになれば、司令官の責任問題になる。だから、分かっているな、という暗黙の命令だった。「本当に戦艦を沈めてもらいたい」は、「本当に体当たりして死んでもらいたい」を意味した。

2回目の出撃

そして、夕方、翌日の特攻出撃が慌ただしく告げられた。石渡軍曹、近藤伍長、奥原伍長、佐々木の4名だった。

15日。午前4時。再びテントの中に万朶隊は集合した。第四飛行師団の参謀長、猿渡大佐が佐々木に向かって「どういうつもりで帰ってきたのか？　佐々木は死ぬのが怖くなったのではないか」と詰問した。

佐々木は「犬死にしないように、やりなおすつもりでした」と答えた。

隊長を務める石渡軍曹は夜間飛行に慣れていなかった。攻撃の打ち合わせをしている時、顔がこわばり、声もかすれ気味で聞き取りにくかった。近藤伍長も、興奮し過ぎているのか、歪んだ表情だった。奥原伍長も落ち着かない様子だった。

上空は、月の薄明かりに照らされていたが、雲が多かった。夜間の出撃には不向きのコンディションだった。

戦果確認の百式司偵機が離陸し、万朶隊4機、直掩《ちょくえん》（直接掩護）の隼8機が続いた。死のツノが出た、丸裸の飛行機に乗って特攻に出撃すると分かっていても、佐々木はやはり興奮した。空に舞い上がれば、ただ、それだけで感動した。

上空で旋回を続けながら、佐々木はなかなか、僚機を見つけられなかった。空中集合を終えなければいけない時間になっても、奥原機が見えなかったのだ。

目の前に見えた石渡軍曹の一番機は、後続を待たず、直進して行った。懸命に後を追い、雲の中に入り、そして出た時には、周りに赤い翼灯も排気管の青白い炎もまったく見つけられなかった。

佐々木は、機体を180度、旋回させた。

その時、闇の底に強烈な光が閃き、赤い火柱がたった。大きな爆発が起こったのだ。

佐々木は素早く四方を警戒した。アメリカ機の攻撃かもしれないと考えたのだ。だが、旋回しながら見下ろした飛行場は無事だった。

僚機は一機も見つからず、佐々木は空中集合を諦め、着陸した。

しばらくして、奥原伍長機も降りて来た。旋回をしながら空中集合しようとしたが、爆発が見えたので帰ってきたと報告した。同じく旋回を続けていた佐々木は、奥原機は見えなかったと不審に思った。

マニラ市の南部に墜落して爆発したのは、近藤伍長機だった。飛行機の原形も分からないほど飛散し、搭乗員の死体は跡形もなかったが、近くの椰子の木に焼け千切れて引っかかっていた千人針の布切れに「近藤」の文字が見えた。

石渡軍曹機と百式司偵はついに帰って来なかった。全機の空中集合を待たず、一直線に飛んで行った石渡軍曹が、その後、どうなったか誰も分からなかった。

大本営は、第四航空軍司令部の報告を受けて、佐々木を特攻戦死として、二階級特進させる予定になっていた。司令部は、2回目の特攻の失敗を受けて、やむなく、佐々木の生還を明らかにし、感状《かんじょう》（栄誉を讃《たた》える文章）と特進の手続きを取り消すことにした。

この日、佐々木の故郷、当別村はさらに大騒ぎになっていた。昨日より多くの弔問客が佐々木家を訪ね、日露戦争を生き延びた64歳の父親、藤吉は羽織袴、60歳の母親、イマは紋付きで迎えた。

この地区の最高の行政官である石狩支庁長が部下をつれてやってきた。藤吉は、「あれは、言い出したらきかん奴でした。泣いて帰ったら叱ってやるつもりでしたが、一度も泣いてきたことがござりませんでした」と気丈に答えた。

弔問の人達は、「友次さんはえらいことをなさりました」「これで友次さんは神様におなりなんした」と繰り返した。

ただ、友次が飛行機乗りになることに反対した母親のイマは、弔問の人達がいなくなると、おろおろして泣いた。神様になるより、生きて帰ってほしかったと心の中で思った。

2回目の出撃から1週間あまり、佐々木に次の命令は出なかった。万朶隊のパイロットは、不時着して入院している鵜沢軍曹、空襲で負傷した社本忍《しゃもとしのぶ》軍曹の2名を除けば、佐々木と奥原伍長だけになった。

当別村では、弔問の人が絶えず、駅から佐々木家まで「軍神の家」として道しるべが立てられた。さらに、友次の幼い頃の帽子やかすりの着物などを納める忠霊堂の建設や伝記編集が計画された。

友次の母校の小学校の生徒達は、佐々木家を集団で拝礼し、家の前で「海行かば」を歌った。

急襲

11月24日、明日、出撃すべしという3度目の特攻命令を佐々木は受けた。奥原伍長と佐々木、2機だけの万朶隊の出撃だった。

25日、正午近く、大きな口髭をつけた猿渡参謀長は、厳しい顔で「佐々木はすでに、二階級特進の手続きをした。その上、天皇陛下にも体当たりを申し上げてある。軍人としては、これにすぐる名誉はない。今日こそは必ず体当たりをしてこい。必ず帰ってきてはならんぞ」と叱りつけるように言った。

直掩機の隊長、作見一郎中尉が、佐々木に燃料をどれぐらい持っていくかとたずねた。

佐々木はできるだけ一杯にして行くと答えた。さらに爆弾は落とせるのかと作見隊長は聞き、佐々木は落とせるようにしていると返した。

作見隊長はうなづいた。同じパイロットとして、特攻隊に選ばれるか、直掩機の担当になるかで運命は大きく変わった。

直掩機のパイロットは、特攻隊のパイロットに対して複雑な心境があった。自分達は最後の最後、特攻を残して帰って来る。それが、どうにもやりきれなかった。

「それにしても、嫌な時間だな。こんなあぶない時間に出撃させるなんて、乱暴だな」作見隊長は青空を見上げた。白昼はレイテ湾に飛ぶことはもちろん、空襲の危険も多かった。

3度目の出撃の宴で乾杯を終え、佐々木は操縦席に着いた。エンジンを回し点検しようとした時、天蓋が激しく叩かれた。整備員が上空を指さし、大声で叫んでいた。

見上げれば、黒い編隊の機影がまっすぐに飛行場に向かっていた。佐々木はスイッチを切り、機体の外に飛び出して走り始めた。奥原伍長も走っていた。二人は必死になって走りながら、目は上空の機影から離せなかった。

上空1000メートルから、アメリカ艦載機は爆弾を落とした。佐々木達は、滑走路脇に立つ兵舎の前の溝に飛び込んだ。

その瞬間、猛烈な爆発が起こった。熱気と振動と爆風が佐々木の体を襲い、振り回し、叩きつけた。その上に、土砂が水のように流れ落ちた。

アメリカ艦載機が爆弾を落とし終わると、グラマン戦闘機が急襲して砲撃を加えた。佐々木と奥原伍長の九九双軽は火を噴き上げた。直掩機も燃え上がった。

佐々木は必死で起き上がり、滑走路から宿舎の方向に走った。

空襲が終わり、人から言われて、顔から血が流れているのに気付いた。汗だと思っていたら、べっとりと顔に血がついていたのだ。

佐々木は急に腹が立ってきた。こんな真っ昼間に飛行機を並べて出そうとしたら、やられるのは当然だ。危険な時間帯に、ノンキに出撃の儀式の乾杯までするとは。参謀どもはバカではないのか。

宿舎に戻ると奥原伍長はいなかった。しばらく待っても、帰って来ない。滑走路を探しに歩くと、飛行服の袖と白い手が土の中から突き出しているのが見えた。

慌てて掘り起こすと、すでに奥原伍長は死んでいた。爆弾の破片が胸を大きくえぐっていた。佐々木が倒れ込んだ場所から3メートルほどの所だった。その短い距離が、二人の生死を分けた。

佐々木は激しい衝撃を受けた。いたたまれない悲しみと淋しさだった。

軍神の家

同じ日、当別村の小学校では、レイテ湾攻撃のニュース映画の映写会が開かれていた。吹雪だったが、郷土の軍神、佐々木友次の姿が見られるというので、遠方からも多くの人が集まった。藤吉とイマは軍神の家族として特別の席を設けられていた。

途中で映写が中断され、友次が生きているというニュースが入ったと拡声器が放送した。場内に拍手と歓声が沸き起こった。

「佐々木伍長は残念にも獲物を見失い、ホモホン島西南方で輸送船一隻を見つけ、低空爆撃を加えて爆破すると共に、同夜遅く、基地に生還した」

拡声器の声は続けた。「伍長は今、淡々として、最高の死場所の来るのを待っている」

激しい拍手が起こり、人々は熱狂した。

取材のために来ていた新聞記者がすぐに藤吉に感想を聞いた。「あいつが戦艦をやっつけなかったのは残念でした。次の機会には必ず、立派に責任を果たしてくれるだろうと思います」

母親のイマは、何を聞かれても喋れず、ただ、涙を拭いてばかりいた。

一機だけで

11月28日。空襲から3日後。頭に包帯を巻いた佐々木に4度目の出撃命令が出た。朝、命令を受けたが、出発はその日の午前10時だった。3回目と同じく、白昼に近い時間だった。

佐々木ただ一機での出撃命令だった。他の特攻隊と一緒に編成しなおすという方法もあったが、佐々木はただ一機での出撃を命令された。

カローカン飛行場では、佐々木に同情が集まっていた。佐々木を殺すために、無理に出撃させていると思う人が多かったのだ。

佐々木が本部で天気図を見ると、レイテ湾は雲が多かった。出撃には悪い条件だった。

「レイテ島は今や北東貿易風吹きつのり、本格的雨季に入るらし」と気象情報が添えられていた。本格的雨季は、作戦をますます困難にすることは明白だった。

滑走路脇の指揮所に佐々木が行くと、猿渡参謀長が待っていた。

「今日の直掩隊は必ず、敵艦船の上空まで誘導する。そして、佐々木の突入は必ず確認することになっている。晴れの舞台だ。万朶隊の名に恥じないよう、立派に体当たりをするんだ」

猿渡参謀長はしわがれ声で威圧的に言った。

第四航空軍から特別に来ていた佐藤勝雄作戦参謀が話を続けた。

「佐々木伍長に期待するのは、敵艦撃沈の大戦果を、爆撃でなく、体当たり攻撃によってあげることである。佐々木伍長は、ただ敵艦を撃沈すればよいと考えているが、それは考え違いである。爆撃で敵艦を沈めることは困難だから、体当たりをするのだ。体当たりならば、確実に撃沈できる。この点、佐々木伍長にも、多少誤解があったようだ。今度の攻撃には、必ず体当たりで確実に戦果を上げてもらいたい」

天皇に上聞した以上、佐々木は生きていては困る。後からでも、佐々木が特攻で死ねば、結果として嘘をついたことにならない。そのまま、佐々木は二階級特進することになる。上層部の意図ははっきりしていた。

佐々木は答えた。

「私は必中攻撃でも死ななくてもいいと思います。その代わり、死ぬまで何度でも行って、爆弾を命中させます」

伍長が大佐や中佐に向かって反論するのは、軍隊ではあり得なかった。軍法会議の処分が当然のことだった。

さらに、軍隊用語では一人称を「自分」と言わなければいけなかった。佐々木は、それを「私」と言った。それは、佐々木の始まりが軍隊ではなく逓信省航空局の航空機乗員養成所だったからだ。腹を据えて反抗しようという時、佐々木は軍隊ではなく、養成所出身ということを意識したのだ。

猿渡参謀長は厳しい顔で答えた。

「佐々木の考えは分かるが、軍の責任ということがある。今度は必ず死んでもらう。いいな。大きなやつを沈めてくれ。戦闘隊とは、よく打ち合わせて行け」

佐々木は納得しなかった。「佐々木伍長、出発します」それだけ言って、その場を離れた。

6機の直掩隊と共に、佐々木はただ一機の特攻隊として出発した。

天気図では雲量が多かったが、レイテ島に接近すると快晴だった。四方の空には積乱雲が壁のように続いていた。

レイテ湾が前方に見えてきた。先頭を飛んでいた直掩隊の隊長機が翼を左右に振ると、急に旋回してやって来た方角に向いた。

佐々木は敵かと警戒して四方の空を見回した。アメリカ軍機は見えなかった。隊長機が方向を変えたので、僚機もそれぞれに旋回した。佐々木も続いた。理由は分からなかった。しかし、隊長機が引き返すのだから、佐々木が単独でレイテ湾に突進することはなかった。

カローカン飛行場に戻った後、佐々木は直掩隊の下士官達に聞いた。けれど、彼らも何故引き返したのか分からないと答えた。

やがて、直掩隊の隊長が佐々木に同情し、わざわざ殺すことはないと、適当な場所まで飛んで引き返したのだと分かった。猿渡参謀長へは、レイテ湾上空は気象情報通り雲量が多く、敵艦船を発見できなかったと報告していた。

佐々木の4回目の出撃は、こうして終わった。

5回目の出撃

12月4日、佐々木に5回目の出撃命令が出た。4回目の出撃から6日後だった。

11月29日には、マリアナ基地を出発したB29が初めて、東京を夜間爆撃した。神田や日本橋などが、焼夷弾で燃え上がった。

フィリピンでは続々と特攻隊が出撃していた。10月25日、海軍の最初の特攻隊、敷島隊が護衛空母に体当たりして以来、この日までに、海軍、陸軍あわせて、大和隊、菊水隊、富嶽隊など40隊以上が出撃していた。

アメリカ軍は、特攻隊対策として、空母に載せる急降下爆撃機の数を半減させ、艦上戦闘機の数を2倍にした。そして、戦力再編を行い、特攻機の目標である空母の前方60カイリ（約110キロ）に、レーダー警戒駆逐艦を配備した。

これによって、近づく特攻隊をいち早くレーダーで発見し、何百機という艦上戦闘機で迎え撃つ態勢が整った。通常、それは、三波態勢が取られていた。一波が約100機。それが、時間差で3回、特攻機を迎え撃つ。

その攻撃を、重い爆弾を抱え、迎え撃つ銃器もないまま、かいくぐった特攻機だけが、アメリカ艦船に近づけたのだ。

佐々木の5回目の壮行式のテーブルにはもう、酒さかなの用意はなかった。猿渡参謀長は現れず、代わりに若い参謀が来て、一房のバナナを差し出した。

「これは冨永司令官閣下から、特に佐々木伍長に賜ったものである。閣下は、佐々木伍長の勇戦に感銘し、大いに期待しておられた。このバナナをありがたくいただき、今日こそ、体当たりによって大きな戦果をあげてもらいたい」

午後3時、佐々木は万朶隊として再び一機で飛び立った。直掩は隼二機だった。

天気図は、ルソン島からレイテ島にかけて快晴を示していた。

高度4000メートルを飛びながら、佐々木はバナナを食べた。爆弾を命中させることに不安はなかった。ただ、アメリカ軍の戦闘機が現れた時、逃げきれるかは不安だった。

出発して3時間、燃えるような夕焼け空は、下の方から暗く陰り始めていた。前方に、夕日を受けて、金属のように光るレイテ湾の海面が見えてきた。高度を5000メートルに上げると、右斜め下の海上に100を越える無数の艦船が確認できた。

その時、佐々木は、小さな点が近づいて来るのに気付いた。アメリカ戦闘機の編隊だった。前を飛ぶ直掩隊の隊長はまだ発見していないようだった。佐々木はすぐに直掩二機との編隊飛行を離脱し、低空に降りた。逃げきるために、身軽になろうとして800キロ爆弾を海上に投下した。

カローカンに引き返そうと思ったが、猿渡参謀長の怖い顔が浮かんだ。佐々木はレイテ島の上空をまっすぐ西に飛んで、ネグロス島に向かい、バコロド飛行場に着陸した。

この時期の佐々木の情報が、『ルソン死闘記　語られざる戦場体験』(友清高志　講談社)に出ている。著者の友人の伍長が大隊長をマニラの空軍司令部に送り届けた時に目撃したのだ。

何度目の帰還の時か、司令官が軍刀の柄を両手で摑み、ギラつく目で佐々木をにらみつけた。

「きさま、それほど命が惜しいのか、腰抜けめ!」

佐々木伍長は落ち着いた声で答えた。

「おことばを返すようですが、死ぬばかりが能ではなく、より多く敵に損害を与えるのが任務と思います」

司令官は激怒した。

「馬鹿もん！　それはいいわけにすぎん。死んでこいといったら死んでくるんだ！」

「はい、では佐々木伍長、死んで参ります！」

こう叫んで佐々木はその場を辞した。本では怒鳴ったのは、冨永司令官と書かれているが、猿渡参謀長の間違いだろう。

6回目の出撃

バコロド飛行場で、佐々木は自分の生還が話題になっていることを知った。バコロドの兵隊達は、空中戦の激しさやレイテ島に飛ぶ危険をよく知っているので、佐々木を悪くは言わなかった。英雄とはいわないまでも佐々木は人気者だった。

バコロドの宿舎で休んでいると、電話がかかってきた。「佐々木が不時着したのなら、すぐにマニラに帰せ」第四航空軍の作戦参謀からだった。

すでに、夜になっていた。佐々木は、明日の朝帰りますと伝えてほしいと答えた。気持ちが進まないのもあったが、なによりも疲労していた。

約6時間、飛び続けた。その間、編隊飛行を続けながら、常に集中し、周りを警戒し続ける。集中し疲れて、一瞬でも寝てしまったら、それは死を意味する。4人乗りの九九双軽を一人で操縦するというのは、そういうことだ。

身体的にも狭い機内では、同じ姿勢を続けなければいけない。空を飛ぶことは佐々木は大好きだったが、長時間の飛行は、精神的にも肉体的にも過酷なものだった。

夜、迎えの自動車が来て、シライという近くの場所に連れていかれた。かつて冨永司令官が、マニラを離れて指揮した場所だった。

そこでは、特攻隊である石腸《せきちょう》隊と一宇隊の壮行会が開かれていた。両隊とも、隊員同士がにぎやかに語り合っていた。その風景を見ながら、佐々木は、自分には話す仲間がいない、自分は一人だということを痛感した。

12月5日、早朝、佐々木はマニラに向けて飛び立った。昨夜からマニラ周辺は空襲が続き、今なお、警戒警報が発令されているという情報を得て、佐々木は用心しながら飛行した。

マニラ湾近くのルバング島に一度降り、情報を得ようとしていると、マニラ空襲の知らせが入った。昼食を取り、空襲が止むのを待って、カローカン飛行場に戻った。

飛行機を降りると、万朶隊の村崎少尉が駆け付けて来た。佐々木が報告をしようとすると、あわただしくさえぎり、

「報告はいい。すぐに出発せよ、と参謀殿が言っておられる。あの軍偵（九九式襲撃機）について行け。あれは特攻隊の鉄心隊だ」と興奮した表情を見せた。

「ネグロスから帰ったばかりですし、体の調子も悪くて、空中勤務に耐えられそうにあり

ませんから、休ませて下さい」今日佐々木はすでに、5時間ほど飛んでいた。

村崎少尉は苦渋の表情で、とても難しいと答えた。猿渡参謀長が大変な剣幕だと言うのだ。九九式襲撃機は、内地から来たばかりで、250キロ爆弾を針金で胴体にくくりつけていた。佐々木の乗る九九双軽に比べて、航続距離は短く、速度も遅いので、あれではレイテまで行けない、行けば簡単にアメリカ軍に食われてしまうと佐々木は主張したが、聞き入れられなかった。

村崎少尉に言ってもムダなので、佐々木は直接、猿渡参謀長に会おうと決めた。

第四飛行師団の本部に恐れずに入って行くと、髭面の猿渡参謀長は陰険な目つきで睨み付けた。佐々木が報告を終えた後、疲労が激しいことを理由に休養を頼むと、猿渡参謀長は大声を上げた。

「いかん！　絶対に許さんぞ！　すぐに、鉄心隊について出発しろ。目標はレイテ湾の艦船だ。船はどれでもいい。見つけ次第、突っ込め。今度帰ったら、承知せんぞ！」

佐々木は黙ったまま、猿渡参謀長の言葉を聞いていた。「船はどれでもいい。見つけ次第、突っ込め」という言い方は、とにかく死ねと言っているのと同じだと佐々木は思った。腹立たしかったが、もちろん、軍隊で反論は許されなかった。

佐々木が飛行場に戻ると、九九双軽はすでに燃料を補給され、500キロ爆弾が装着されていた。今までの800キロ爆弾は、もう飛行場にはなくなっていたのだ。

午後3時過ぎ、鉄心隊の3機が離陸し、佐々木が続いた。6回目の出撃だった。直掩の隼9機が特攻隊を先導した。

マニラから東海岸に出ると、攻撃隊は高度40~50メートルの低空を飛んだ。アメリカ軍のレーダーにつかまるのを避けるためだった。

日没の迫ったレイテ湾が近づいてくると、直掩戦闘機隊は高度を上げ、佐々木達も続いた。

レイテ湾の上空に来ると、機体の両側に無数の船が見えた。左側に、中でも一番大きく見える船があった。鉄心隊の松井浩隊長機がまっすぐにその方向に飛んだ。佐々木も後を追い、攻撃を決意した。

が、すぐに、機体は大型船と行き違いになった。佐々木は機体を傾けて左旋回し、大型船が右側に見えてきた時に攻撃態勢に突入した。

高度1000メートル。大型船と平行の位置を取った時、突然、佐々木の後方に爆発が起こった。機体に損傷はなかったが、黒い砲弾の煙の固まりが後方に流れ去った。アメリカ艦船が高射砲を撃ってきたのだ。

佐々木があたりを警戒すると、機体の後方に黒煙が炸裂した。続いて、機体の左右に黒い固まりが上がって流れた。

あっと言う間に、高射砲の弾幕で、夕焼け空が曇ってきた。至近距離に起こった炸裂が、機体を強く揺すった。佐々木は背筋に寒いものを感じた。

佐々木は左手に操縦桿を持ち、右手で爆弾投下の鋼索を握った。

高射砲に気を取られて、機体の頭を押さえるのを忘れて、500メートルほど上昇していた。目標船は、機体の軸線に入っていたが、ジグザグの回避運動を続けていた。

佐々木は機体を傾け、そのまま斜めに急降下させた。高度1500メートル、角度60度、時速450キロ。操縦桿を倒し続けると、時速が500キロに上がっていく。全身がゆがむような重圧を感じる。目標船が急速に大きくなり、今にもぶつかりそうになる。200メートルから300メートルに近づいた時、佐々木は必死に鋼索を引いて投弾した。

その瞬間、目の前を黒い大きなマストが通りすぎた。

佐々木は目標船の舷側を海面すれすれに抜けると、機体を蛇行させた。海面から10メートルの高度だった。

佐々木が振り向くと、大型船が傾いているのがはっきりと分かった。

そのまま、佐々木はミンダナオ島のカガヤン飛行場を目指した。1回目の特攻出撃の時にも着陸した飛行場だ。

カガヤン飛行場に着いて、飛行場大隊長に「レイテ湾で大型船を撃沈しました」と報告した。電報班に頼んで、カローカンの村崎少尉に報告すると、早急に戻って来いという電報が返ってきた。

再び現れた佐々木は疲れた顔をしていた。カガヤン飛行場の人々は佐々木を歓迎し、大隊の幹部は会食に招き、佐々木のために宿舎の当番兵は特別にドラム缶の風呂を用意した。

喜んで入浴していると、自分の耳が聞こえなくなっていることに佐々木は気付いた。「連日の飛行の疲労のためだろうか」と不安になった。

2日間、佐々木はカガヤン飛行場の宿舎で休んだ。兵隊達は、佐々木をゆっくり休ませるためか、2日間かけて、丁寧に九九双軽を整備した。

嘘の戦死報告

12月8日は、3度目の開戦記念日だった。ようやく耳が回復した佐々木は、カガヤン飛行場にあった短波ラジオで、開戦記念の大本営発表を聞いた。

それは、12月5日、万朶隊の一機が特攻攻撃により、戦艦か大型巡洋艦一隻を大破炎上させたという放送だった。万朶隊として、佐々木と石渡軍曹の名前が挙げられた。

佐々木は烈しく混乱した。佐々木にとって、2度目の戦死発表だった。今回はカガヤンにいることはちゃんと無線で連絡し、返電も来ている。

さらに、発表の内容も理解できなかった。「万朶隊の一機」が大破炎上させたと発表しながら、11月15日、2回目の出撃で一番機として飛び立ち、行方不明になった石渡軍曹の名前が加えられていた。

放送を一緒に聞いた整備担当の少尉は、「12月5日の攻撃を、今日発表したのは開戦記念日の景気づけだよ。そのために、佐々木伍長をもう一度殺したのさ。その方が気勢が上がるからな」と、うがって言った。

佐々木は、「あの時、爆弾は確かに当たっていた。あれは、間違いなく撃沈している。それを大破炎上ぐらいに言うとは、なんということだ。だいいち、どうして石渡軍曹と一緒に発表するんだろう」と憤慨した。

そして、「2度も戦死を発表されたということは、猿渡参謀長達は、今度こそ自分を戦死させようとして、ますます厳しく出撃させるようになるだろう」と考えた。そして、そう思えば思うほど「俺は決して死なないぞ」と心の中で歯を食いしばった。

12月9日の朝日新聞は「三度目の出撃奏功。佐々木伍長戦艦に体当たり」という見出しを一面に掲げた。

記事は、「万朶隊佐々木友次伍長が石渡俊行軍曹とともに単機憤怒の殴り込みだ」と書いた。一機に二人搭乗していたという設定のようだった。

佐々木の故郷、当別村は大本営発表と新聞記事によって、再び、大騒ぎになった。2度目の大がかりな葬式が行われたのだ。

不時着

9日午後4時、佐々木はカローカンに戻るためにカガヤン飛行場を離陸した。兵隊が大勢出て、激励しながら見送った。誰もが、佐々木の童顔を見るのは、これが最後だろうと思った。

佐々木は直進を避け、ネグロス島の南部を迂回《うかい》しながら飛んでいくうちに雨が烈しくなり、マニラのあるルソン島の手前、ミンドロ島に近づくと悪天候のために航路の測定が難しくなった。

雨雲を抜けようと高度を上げ下げしているうちに、目の下に見えたのがルバング島だと気付いた。すぐに機首を東北に変更した。すでに日没になっていた。

雨はますます烈しく、なにも見えなかった。計器だけが手がかりの計器飛行を続けた。混乱して海面すれすれを飛んだりしながら、ようやくマニラの街の光がかすんで見えてきた。

ホッとして燃料計を見ると、赤い警報灯が4つ光っていた。それは、燃料がほとんどなく、あと15分か20分しか飛べないことを示していた。

カローカン飛行場はマニラの北にあった。すぐに場所が分かれば、なんとかなる。だが、マニラ市街以外は一面の暗闇だった。雨の中、佐々木は旋回を続けながら、着陸の合図である飛行機の前照灯を点滅させた。だが、飛行場の応答らしい灯は返って来なかった。

不時着しかないと佐々木は思った。佐々木の頭の中には、マニラからカローカンにかけての地形図があった。それを暗黒の底に投射して、国道を見つけ出した。

闇の中から電灯の光が近づいてきた。速度は200キロから220キロに抑えた。機体の脚は引っ込めたままにしている。

電灯の光が一瞬のうちに後ろに流れ去り、前照灯の光の輪の中に、地面がぐっと浮き上がった。着陸の姿勢を取ると、すぐに大きな衝撃が起こり、機体は烈しい音を立てて地面を跳ね上がり、ぶつかり、地面の上を滑った。烈しい衝撃に佐々木は意識を失った。九九双軽は止まった。

佐々木が意識を取り戻した時、辺りは闇の中で静まり返っていた。どれぐらい意識を失っていたか分からなかった。

今にもフィリピン人ゲリラが襲ってくるような恐怖に駆られた。日本兵が彼らに捕まると、なぶり殺しにされると言われていた。

佐々木は操縦席から飛び出し、機体の陰で様子をうかがった。体にはかすり傷もなかった。

雨はやんでいて、遠くに電灯の光が見えた。辺りはまばらに耕した田畑のようだった。佐々木は灯に向かって走り出した。途中で、溝に落ちてずぶ濡れになったが、そのまま走った。やがて、家の床下にもぐり込んだ。

ゲリラの村かもしれなかった。近くで犬が吠えた。向かいの家の窓が開いて、フィリピン人が上半身をのぞかせた。その窓の光が、佐々木の体を照らしだした。男と佐々木は目があった。体の大きな、荒っぽい感じのフィリピン人だった。佐々木は恐怖を感じた。自分は素手で、何の武器もない。

男は大声を出して佐々木を手招きした。そして広場に案内した。

そこには、日本語が分かる若い男がいた。電灯のついた家に案内されると『ボカウェ村役場』という日本語の看板がかかっていた。けれど、常駐の日本人も日本軍もいなかった。同時に、幸運なことに、佐々木を狙うゲリラもいなかった。その夜、佐々木はフィリピン人村長の家に泊めてもらった。マニラから北に15〜16キロの所にある村だった。

「臆病者」

翌日、佐々木はボカウェ村から3キロほど離れた所にいた日本軍の小部隊まで馬車で送ってもらい、さらに、日本軍に自動車でカローカン飛行場に運ばれた。

飛行場大隊長は佐々木の顔を見て驚いた表情になった。カガヤン飛行場を出発したという連絡があったが帰って来ないから、今度こそ佐々木もやられたとみんなで話していたのだ。

佐々木が不時着機の収容を頼むと、すぐに村崎少尉が整備員を集めた。佐々木も現場に向かうトラックに同乗した。

不時着現場は田んぼの中だった。機体は頭部を土に突っ込み、尾翼を逆立てていた。両翼は、鳥の死骸のように、左右に落ち崩れていた。操縦席の前蓋がぐしゃぐしゃに潰れているのを見た時、佐々木は自分が無傷で助かったことが心底不思議で、そしてゾッとした。

夜間飛行で、飛行場以外の場所に不時着した場合は、パイロットのほとんどは死ぬか重傷を負うことが多かった。それが、軽い打撲だけで助かったのだ。

機体が接地して停止するまでの滑走距離は、300メートルほどだった。田んぼに稲がなく、地盤が硬かったから、なんとか機体は止まったのだ。雨と暗闇の中、無傷の胴体着陸は奇跡としか言いようがなかった。

村崎少尉も地面が見えないまま胴体着陸したことに心底驚いていた。「この状態じゃあ、燃料が残っていたら、いっぺんに火葬になるところだったな」村崎少尉は冗談めかして言ったが、佐々木の技量と勇気に感心しているようだった。

佐々木がカローカンに戻ると、司令部から出頭の命令が来ていた。すぐに出向くと、猿渡参謀長が頭から怒鳴りつけた。

「この臆病者！　よく、のめのめと帰ってきたな。貴様は出発の時になんと言われたか覚えているか！」

佐々木は黙って参謀長の顔を見返した。

参謀長はさらに激昂した。

「レイテ湾には、敵戦艦はたくさんいたんだ。弾を落としたら、すぐに体当たりをしろ。出発前にそう言ったはずだ。貴様は名誉ある特攻隊だ。弾を落として帰るだけなら、特攻隊でなくてもいいんだ。貴様は特攻隊なのに、ふらふら帰ってくる。貴様は、なぜ死なんのだ！」

猿渡参謀長は、佐々木が大型船を撃沈したという戦果にはまったく触れなかった。

「その上、貴様はカガヤンまで逃げて、2日も3日も隠れておった。ようやく帰ってきたかと思えば、飛行機を壊してしまう。貴様、飛行機を壊せば、特攻に出ないですむと思ってやったのだろう。貴様のような卑怯未練な奴は、特攻隊の恥さらしだ！」

他の参謀達も、佐々木を見つめた。

佐々木は涙が出るほど悔しかった。だが、怒りを抑え、ゆっくりと、カガヤンでは体の調子が悪くて寝ていたと説明した。

佐々木の言葉が終わる前に、猿渡参謀長は吐き捨てるように叫んだ。

「弁解などするな！　それより、明日にでも出撃したら、絶対に帰ってくるな。必ず死んでこい！」

佐々木は少しの反論も許されなかった。

司令部を出た後、佐々木は直掩隊の操縦士に会った。佐々木が体当たりをしたと報告した操縦士だった。彼は佐々木の顔を見て絶句した。生きているとは思わなかったのだ。

事情を聞けば、操縦士は、佐々木が爆弾を落としたところまでは見ていたが、その後、大型船が爆発したのか、沈んだのかを見る前に引き返していた。彼は、自分も気がついたらたった一機になっていたので、急いでその場を離れたと正直に言った。

佐々木は、操縦士の事情も理解したが、自分が命懸けでやったことを正確に見てもらえなかったことが腹立たしかった。

宿舎に戻ると、鉾田飛行場時代に知りあった津田少尉に会った。津田少尉は九九双軽を空輸しろという命令を鉾田で受けてフィリピンに来たら、いきなり特攻隊にされたと憤慨していた。佐々木は、自分も似たようなものですと答えた。

津田少尉は「佐々木は戦艦を沈めたそうだが、本当か」と尋ね、佐々木は「戦艦ではないが、自分は2隻は沈めたと見ています」と返した。

津田少尉は感心し、けれど、特攻隊がどうして帰ってこられるんだと、不思議そうに尋ねた。佐々木は「体当たりをしなければいいんです」とあっけらかんと答えた。津田少尉は驚いた顔で佐々木を見た。

「万朶隊は5人の将校さんが、攻撃に出る前に戦死したんです。佐々木は将校5名分の船を沈めるまでは、死なないつもりです。最後の6番目は自分のものですから、このときは、どうするか、まだ分かりません」佐々木の表情は真剣だった。

「体当たりをしないで、戦艦を沈めるにこしたことはない。しかし、特攻隊が体当たりしないで生きていたら、うるさいだろう」津田少尉は正直に聞いた。

「いろいろ言われますが、船を沈めりゃ文句ないでしょう」佐々木は人懐こい目を細くして、笑いを浮かべた。佐々木は、この頃には、同じようなことを上級下級の区別なく、また新聞記者にも率直に、公然と語り始めていた。誰がなんと言おうと、どんなに参謀達に怒鳴られようと、体当たりでは死なないということをはっきりと宣言しているかのようだった。

呑竜

適材適所とは真逆の作戦

１９４４年（昭和19年）12月14日、７回目の出撃命令が佐々木に出た。胴体着陸をしてから５日後だった。百式重爆撃機９機が菊水隊という名前で特攻に出撃することになり、それに万朶隊として一機だけで参加せよという命令だった。

直掩機が３機と聞いて、佐々木は驚いた声を出した。百式重爆は通称「呑竜《どんりゅう》」と呼ばれ、まさに爆撃専門の飛行機である。最高速度は５００キロに足らない。

迎え撃つアメリカの艦載機、例えばＦ６Ｆ ヘルキャットは最高速度は６００キロを、Ｐ51 マスタングは７００キロを越える。

動きの遅い大型の重爆撃機がたった３機の掩護で敵空母に近づけば、結果は火を見るより明らかだ。ちなみに、直掩の一式戦闘機隼の最高速度は５５０キロ前後である。そもそも、不利な戦いなのだ。

「どうして呑竜なんか出すんでしょうかね」佐々木は理解できない顔を村崎少尉に向けた。特攻にはまったく不向きな飛行機だった。

呑竜が所属する第五飛行団の小川小二郎団長は、特攻に反対だった。呑竜は、特攻ではなく呑竜本来の使い方で、つまりは爆撃で活躍させたいと願っていた。だが、第四航空軍の冨永司令官は、「全力をもって特別攻撃隊を編成すべし」と命令した。

小川団長は、何度も抵抗したが特攻隊としての出撃を拒否できなかった。

菊水隊の隊員に対して、小川団長は、攻撃には万朶隊の佐々木伍長が一緒に行くと告げ、佐々木のやり方が正しいと思うと話した。

「特攻をやる覚悟で行って、船を沈めて帰ってきたら、立派なものだ。もしまた、状況が悪ければ引き返して、何度でもやりなおすのがいい。佐々木のやっていることは、これこそ特攻隊の最良の模範であると信じている」

午前7時、佐々木はいつもの手慣れた操作で滑走を始めた。と、急に機体が動揺し、尾部が左右に振れ動いた。尾輪が固定していないと気付いて、佐々木はフットバーを踏んで、方向舵を動かそうとしたが、機体はあっという間に滑走路を外れて、野地に飛び出してしまった。

整備の見落としだったが、佐々木としては初めての失敗だった。

整備員達が駆け付けて来た時、重い爆音が響いて、呑竜の9機編隊が上空に現れ、大きく旋回し始めた。佐々木と空中集合するためだった。佐々木は見上げて手を振ったが、どうにもならなかった。

しばらくして、呑竜は南に向かって飛び去った。その後、菊水隊は「敵戦闘機と交戦中」の無線を打った後、連絡がつかなくなった。「目標発見」の無線ではなかった。それは、目標の戦艦までたどり着く前に撃ち落とされたことを意味していた。

呑竜を失った小川団長は、自らの『所感録』に、はたしてこれでよかったのかと書きつけた。「壮烈」「名誉」「旺盛なる責任観念」「任務に邁進」などという精神主義を満足させただけではないのか。指揮官や参謀達にとって、それは、壮烈な快感と言えるだろうが、少しも科学的ではなく、組織として努力していない、なんのための戦いなのだ、司令官達は恥じるべきであると痛烈に批判した。

また、ミンドロ島に連合軍が飛行場を作るのを予測して、「菊水隊ノ九機ヲ健在ナラシメバ、敵ノ飛行場設定ヲ三、四日オクラシメ得ルノハ確実ニシテ、使用ヲ誤リタリ。四航軍ノ特攻ノ使イ方ハ、子供ガカナダライノ水ヲタタキテ顔ヲビチャビチャニヌラシ快哉《かいさい》ヲ叫ブノタグイニ思エテナラナイ」とまで書いた。

8回目の出撃

翌15日夜、8回目の出撃命令を佐々木は受けた。旭光隊《きょっこう》と共に出撃せよというものだった。

16日早朝、佐々木は一機で西回りでミンドロ島に向かいサンホセを目指すように言われた。旭光隊の2機は東回りでサンホセを目指すという。

ただ一機で出発する佐々木には、直掩機は一機もつかなかった。これでは掩護するどころか、戦果の確認も不可能だった。

佐々木は司令部の扱いに憤った。「神鷲」と神様扱いまでした特攻隊を、今では、その最期を見届けることさえしない。

猿渡参謀長は姿を見せなかった。整備の村崎少尉が肩を叩いた。

「佐々木、今日は尾輪をしっかりさせておいたぞ。安心して行け」

1時間ほど飛んで、ミンドロ島の上空に近づいてきた。すでに明るくなった大空を、たった一機で飛んでいると強烈な孤独感に襲われた。

島の山ひだにそって飛び続けると、島の南岸が見えてきた。山裾が海岸に沿って傾斜している中に、一部分、土砂崩れが起こったかのような場所があった。

その周辺の海に小さな点が集まっていた。アメリカ軍の上陸地点だった。無数の点は、上陸用の輸送船団と艦船だった。

日本機が接近したことに、まだ気付いていなかった。もうすぐ、上陸地点の陸上と海上から、圧倒的な砲火が上がり、大空は花火を連発したような火煙に包まれるだろう。

そこに突っ込んでいくのは恐ろしいけれど、それより、佐々木にはなにか、虚しく馬鹿げているように感じられた。強烈な孤独が佐々木の全身を包んでいた。命懸けで突進する姿を、味方は誰も見ていない。自分の最期を誰も確認しない。200隻近い敵船団に対して、たった一機で突っ込むことに、どんな意味があるのか。

佐々木は、戦闘機に発見される前に戻ろうと決意して、機首を旋回させた。

9回目

それから2日後の12月18日、9回目の出撃命令が佐々木に出た。冨永司令官は滑走路の横で、出発していく特攻隊に対して、日本刀を抜き、振り回しながら、「進め！　進め！　進め！」と叫んでいた。

九九双軽が一機、直進せずにふらふらと蛇行し、冨永司令官とその後ろの見送りの列に突っ込んできた。大混乱になり、冨永司令官は必死になって走って逃げた。

十数分後、操縦していた若い軍曹は、冨永司令官に烈しく叱責された。「特攻隊のくせに、お前は命が惜しいのか」

叱られている隊員は、土色になった顔で頬の筋肉をピクピクと痙攣《けいれん》させていた。何か言いたそうにみえたが、言葉にならないようだった。

「早く用意せい！」冨永司令官は、再度の出発を命令した。

軍曹は敬礼をして、飛行機に向かって走って行った。整備兵と打合せをした後、駆け戻って来て冨永司令官にもう一度敬礼した。そして、しばらく口ごもっていたが、やがて、はっきりした声でこう言った。

「田中軍曹、ただいまより自殺攻撃に出発いたします」

冨永司令官はこわばった顔のまま、何も言わなかった。


佐々木が出発する時、冨永司令官が近づいて来て「佐々木伍長」と声をかけた。

佐々木は気付いて天蓋を開けた。冨永司令官は、日本刀を抜いて佐々木伍長の方に突き出して叫んだ。

「佐々木、がんばれ。佐々木、がんばれ」冨永司令官は、日本刀を頭上で振り回した。

佐々木は、敬礼を返し、出発した。

マニラ上空を南に向かっている時に、爆音が異常になった。空気と燃料の混合比を示すブースト計の片方に不調が現れていた。これ以上、飛ぶことは危険だと判断した佐々木は、旋回してカローカンに戻った。出発してから40分後だった。

戻ってみれば、飛行場には誰もいなかった。飛行場大隊長に事故の報告をして、宿舎に戻ると急に熱が出て苦しくなった。

宿舎で寝ていると、鵜沢軍曹が現れた。リンガエン湾の海岸に不時着して火傷を負い、野戦病院に収容されていたが、とうとう退院して来たのだ。

12月20日、再び万朶隊に出撃命令が出た。ただ、佐々木は高熱が続き、鵜沢軍曹だけが出撃することになった。佐々木は全身がだるく、歩くとふらつくほどに足に力がはいらなかったが、見送りに出た。

「長いこと病院で寝ていたが、腕は鈍ってはおらんよ」鵜沢軍曹は笑ったが力がなかった。特攻機を故障させたり、わざと不時着したとしか思えなかった鵜沢軍曹は、ここに来て、生きることを諦めたように見えた。

「軍曹殿、死ぬことはないですよ。信念を持てば、必ず帰れます」佐々木は他の者に聞こえないように、鵜沢軍曹にささやいた。

鵜沢軍曹は急に目を輝かせて「そうだ。忘れ物をした」と元気な声で駆け出した。戻ってきた時には、腰に拳銃をさげていた。体当たりをして死ぬのなら、必要のないものだ。不時着をした時、フィリピン人ゲリラから身を守るために、つまり、生きて帰るために必要なものだった。

鵜沢軍曹と若桜隊の二機に、直掩の一機がついて出撃した。一機しかいない直掩機では、掩護できない。戦果を確認できればいい方だ。けれど、何百機というアメリカ戦闘機を相手にして、一機が戦果を見届け、帰還する可能性はないと言ってよかった。

鵜沢軍曹を見送った後、佐々木は全身がだるく、ふしぶしが痛んできたので寝てしまった。

この後、佐々木の記憶はあいまいになる。この日、寝込んだ直後に、出撃命令を受けているのだ。


それを目撃した若桜隊の池田伍長の手記がある。

「ぼくらは毎日、万朶隊の佐々木伍長の部屋に行き、話し合いました。彼は何度か出撃し、戦果を上げて帰還していました。ぼくらはその考えを何度も難詰しました。彼は『死んで神様になっているのに、なんで死に急ぐことがあるか。生きられれば、それだけ国のためだよ。また出撃するさ』と、淡々としておりました。

そんなある日、彼が40度の熱を出してマラリアで休んでいる時に、出撃の命令が来ました。命令伝達に来た四航軍の将校が、本人が起きることもできないでいるのに、『貴様は仮病だろう』と、聞くに堪えない悪罵《あくば》を残して帰って行きました。彼は『軍神は生かしておかないものなあ』と言って、さびしく笑っていました」

池田伍長は、佐々木が将校に罵られている風景を見た時の気持ちを次のように書いた。

「この光景は、若い私達に大きい衝撃となって心に焼き付いてしまいました。この時のことを、一生忘れることはないと思います。ぼくはこの時、はっきりと、特攻隊という言葉から来る重圧感から解放されて、命のある限り戦うことを固く心に決めました。死ぬことの苦悩から解放された後は、案外さっぱりした気分になって過ごしたものです」

池田伍長は、翌21日、特攻隊として出撃した。が、体当たりすることなく、生還した。鵜沢軍曹は、帰って来なかった。最期の状況は誰にも分からなかった。特攻を回避しようと思う前に、アメリカ軍戦闘機にやられた可能性が高かった。

マラリアの苦しみ

12月22日。佐々木はマラリアの激しい発作を繰り返していた。悪寒がして全身に震えが起こり、それが1～2時間も続くと、その後には40度前後の高熱が出た。それから、長い時には5時間も汗が流れ続け、水を浴びたようになった。そのために高熱が下がり、悪寒が始まってから10時間ぐらいたって、平熱に戻る。そして、また全身に震えが起こる。

村崎少尉が、佐々木を宿舎から医務室に移した。飛行場の近くの民家を接収して、野戦病院にしたものだった。軍医が二人いた。二人とも、佐々木のことを知っていて、好意的な対応だった。

社会人としての経験を積んだ後に召集されて軍隊に入った医者からすれば、死なせるために出撃させようとする司令部はいかにも非常識でバカバカしいと思えたのだ。

23日。依然としてマラリアの悪寒と発熱に苦しんでいる佐々木に「感状」が出て、全軍に布告された。

12月5日の「体当たり」に対しての栄誉である。天皇に報告され、陸軍省から新聞と放送を通じて全国に公告された。

24日。2階で寝ている佐々木は言い争う険しい声に気付いた。階下の軍医室のようだった。しばらくして、正城《まさき》軍医が顔を見せた。軍医は、佐々木に、また参謀が来た、攻撃に出すというから、まだ使い物にならないと答えたと笑った。

「参謀は佐々木は仮病だろう言うから、2階へ行って見てみい言うてやった。参謀のことや、むちゃでもなんでも、攻撃すればええと思うとるから、また、きっと狩りだしに来る。参謀がここへきおったら、苦しそうにして、うなっておれ」

軍医の心遣いは佐々木の気持ちを軽くしたが、依然としてマラリアの激しい発作は続いていた。

25日。故郷当別村では、500名近くの人達が佐々木家を訪れ、神鷲に敬弔を捧げた。そして、母校の国民学校のグラウンドで、次々と「神鷲に続かん」の決意の作文を朗読し、「神鷲友次兄さん」の武勲を讃えた。勉学にも鍛練にも励んで、必ず「第二、第三の友次さん」となり、神鷲友次さんの英霊に続かんと固く心に誓いあう集会だった。

レイテ戦の敗北

12月25日、佐々木がマラリアの熱と悪寒に苦しめられ、故郷で盛大な行事が開かれている日、レイテ島での日本軍全体の組織的戦闘が終わった。

レイテ決戦を指揮する第十四方面軍が「自活自戦永久に抗戦を持続せよ」という最後の命令を出したのだ。自分で食糧を調達し、自分で武器をなんとかして戦えという、命令になっていない命令だった。「降伏」という概念がない以上、これしか言えなかった。

そして、翌日（アメリカ時間の25日）アメリカ軍が、10月20日の上陸以来、約2ヵ月にわたったレイテ戦の終結を宣言した。派手好きなマッカーサー元帥のアメリカ国民に対するクリスマスプレゼントだった。

レイテ島に送り込まれた日本軍の将兵のうち96％が死亡した。

12月15日、マニラから120キロほど南にあるミンドロ島にアメリカ軍は上陸。そのまま、島を制圧した。

ルソン島にアメリカ軍が上陸するのは、時間の問題と思われた。

処刑飛行

朦朧《もうろう》とした記憶で、日付がはっきりとしないのだが、この前後で、佐々木は隣の寝台に、新しい患者が寝ていることに気付いた。

マラリアと下痢を患い、佐々木よりはるかに重体のようだった。夜、その患者は眠りについた後、異様な声を出して佐々木を驚かせた。病気のためというより、なにか悪夢を見ている気配だった。

翌日、患者に名前を聞かれて、佐々木は名乗った。

「君が佐々木か」患者は、佐々木をしげしげと見た。「おれも特攻隊だ。靖国隊の出丸中尉だ」佐々木には言える、という風だった。面長の顔が、憔悴して、やせ細っていた。

以前、佐々木は靖国隊を訪ねたが、その時は下士官達と話しただけだった。

出丸一男中尉は、靖国隊の隊長として、11月26日にネグロス島シライ飛行場から特別攻撃に出撃した。2度目の出撃だった。そして、マスバテ島に不時着。その後、ルソン島に渡り、約2週間かけて、400キロ離れたマニラに戻っていた。

「靖国隊はどこにおるのですか？」佐々木は何も知らなかったので、素朴に聞いた。

出丸中尉は目を閉じてしばらく黙っていた。

「俺も出撃して、引き返した。しかし、俺は特攻隊長だから、死ななければならんのだ」

佐々木は自分の考えていることを話した。死ぬことを焦る必要はないこと。無茶な命令で死ぬつもりはないこと。偉い人達も、無茶な命令では死なないだろうと思うこと。「そうだな。操縦者の身になってみたら、とてもできないことがある。それを特攻隊だからやれというのは、無茶な話だ」

出丸中尉は、苦悩に満ちた表情で答えた。抗議ではなく、死ねなかったことへの絶望に満ちていた。

26日。出丸中尉の靖国隊に感状が出され、上聞に達したという発表が陸軍省からあった。出丸中尉も、佐々木と同じように、生きていながら死んだと発表されたのだ。天皇に報告された内容は、訂正できない。それは軍隊の絶対のルールだった。

数日間、佐々木と出丸中尉は寝台に横になっていた。二人とも、マラリアの熱はひいていたが、高熱が続いた後なので、体力はまだ回復していなかった。

見舞いに来た村崎少尉からアメリカ軍のマニラ襲撃の噂を佐々木は聞いた。村崎少尉は、各航空部隊も地上軍と同じように北部の山岳地帯に逃げ込み、飛行機で台湾に脱出するだろうと予想していた。

その時、佐々木を猿渡参謀長はつれて行くだろうかと村崎少尉も佐々木も懸念した。佐々木はすでに死んでいる存在だ。

何度目の特攻から帰ってきた時だろうか、猿渡参謀長は、佐々木に向かって「貴様は戦死しているんだ。今日からは、残飯給養だから、そう思え！」と叫んだ。生きていない者には食事の割り当てがないから、残飯を食えという罵声だった。

この機会に、佐々木を戦死させようとするのじゃないかと、村崎少尉も佐々木も考えた。

12月31日。一年の終わりに、足音も荒々しく、師団の参謀が入ってきた。もう一人の軍医、影山軍医が追いかけて止めようとした。

「出丸中尉殿は、まだ動けませんよ」

だが、参謀は出丸中尉の寝台の横に立ちはだかり、今から出撃せよと命令した。

出丸中尉は仰向けに寝たまま、黙っていた。髭が伸び、一層、やつれたように見えた。

参謀はいきなり手を伸ばして、出丸中尉の胸元を摑んで引き起こした。

「出丸中尉、すぐに飛行場に行け！」

出丸中尉はしばらく参謀の顔を睨んでいた。佐々木は隣の寝台で、息を凝らしながら、出丸中尉と一緒に出されるのだろうと思っていた。

その時、出丸中尉が叫んだ。

「よし、死んでやるぞ！」

泣くような、だが、必死の声だった。出丸中尉は立ち上がったが、足に力が入っていなかった。

出丸中尉が飛行服を着るのを、参謀は冷たく見ていた。影山軍医は、もう、どうすることもできずに、黙って立っていた。参謀は、佐々木には何も言わなかった。

支度が終わった出丸中尉は、歩き出して佐々木の方を見た。その顔は、険しく、ゆがんでいた。

「佐々木、俺は行くぞ」

部屋を出て行く出丸中尉の足は、まっすぐに歩けないでよろめいていた。参謀は、それを後ろから追い立てるように急かした。

二人の靴音が聞こえなくなった時、影山軍医がつぶやいた。

「かわいそうに。無理に殺さなくてもいいものを」

しばらくして、飛行場に爆音が起こった。佐々木は起き上がり、窓際に寄って、滑走路のある方向を見ていた。隼が一機まっすぐに離陸して行った。それだけだった。直掩機も他の特攻機も空中集合する飛行機もなく、出丸中尉はたった一機で飛び立った。

これは特攻飛行ではなく、処刑飛行だと佐々木は思った。

無能なリーダー

１９４５年（昭和20年）１月１日、佐々木はようやく歩けるようになった。佐々木は二人の軍医や衛生下士官と一緒に雑煮や餅を食べた。軍医達は佐々木をもう病人扱いしていなかった。だが、佐々木を医務室から退院させようとはしなかった。

新年になって、空襲は、一日一日と激しさを増していった。

20隻以上の空母を始め、戦艦、輸送船、揚陸船など、700隻近くのアメリカ軍大船団がルソン島に近づいていた。先頭から最後尾までの船団の長さは、数百キロに達したという。

1月6日、マニラの北西にあるリンガエン湾に、アメリカ艦隊は進入し、激しい艦砲射撃を開始した。上陸は目前だった。

カローカンの医務室にいた佐々木の耳にもこの情報は伝わってきた。

佐々木は出丸中尉の次は自分だと思っていた。同じ参謀がやってきて、胸元を掴み上げられ、強引に飛行機に乗せられる。そうなったら、爆撃して帰ってくるだけのことだ、と思っていたが、大船団の情報を聞いて佐々木は気持ちが重くなっていた。

まともに飛び込んだら、間違いなく撃墜されるだろう。

けれど、二人の軍医もいつまでも佐々木をかばえるはずもなかった。出撃は時間の問題のように思われた。

1月7日、冨永司令官の第四航空軍は司令部をマニラから約300キロ北にあるエチャーゲに移動することを発表し、即日、移動を始めた。

もともと、冨永司令は、マニラに立てこもり、最後は竹槍で突撃することを主張していた。第四航空軍の司令部には、充分な火器がなかった。参謀達は、マニラを出ることを強く勧めたが、冨永司令は頑強に拒んだ。立てこもり、最後に突撃するのは、歩兵の発想だった。冨永司令には、最後まで航空の発想がなかった。

精神的に不安定になり、命令を頻繁に変えることも多くなった。部下を怒鳴り、鞭で殴りつけることが日常になった。「呑竜」を筆頭に特攻に不向きな飛行機を部下の反対を押し切って、次々と出撃させた。

宿舎の前を通る車がうるさいと言って、重要な道路なのに通行止めにした。宿舎の周りの鳥の声もうるさいと怒鳴り、兵隊を出して、鳥をみんな獲れと命令した。ただ、新聞記者にだけは依然として、愛想がよかった。

体調を崩したと自分で言い、宿舎を出なくなり、12月30日、司令官を辞任したいと言い出した。第四航空軍の参謀達は呆れ、南方軍の総司令官は、認めなかった。その間も、3人の若い女性看護師が交代で世話を焼き、マッサージ専門の准尉を従え、毎日、戦争中のマニラとは思えない豪華な食事を続けた。

そして、アメリカ軍の上陸が目前に迫った時に、突然、冨永司令は司令部の移動を認めた。あまりに急であり、なんの準備もなかったため、第四航空軍は大混乱になり、各部隊は連絡が取れなくなった。

冨永司令は、3人の看護師と世話役の准尉をつれて、車の後部座席に布団を敷かせて、そこに寝ながらマニラを脱出した。

アメリカ軍の上陸が迫る中で

佐々木は影山軍医からカローカン全体が撤退するから、原隊に帰るようにと言われた。万朶隊はこの時点で11名残っていた。操縦者は佐々木と11月3日の空襲で負傷し入院したままの社本軍曹だけだった。

村崎少尉以下、軍医や整備隊の全員は飛行場大隊と共に山に立てこもる予定になっていた。そこから、アメリカ軍に斬り込みをかけるのだ。

だが、佐々木にだけは北部ルソンに行けという命令が出ていた。操縦者はすべて、北部ルソンに集結して、今後の航空作戦に当たるということらしかった。

カローカン飛行場には、もう一機の飛行機もなかった。

佐々木は軍医や万朶隊の整備員、通信員と別れて、本当に独りになった。

飛行場大隊の出したトラックに佐々木は便乗した。カローカンを出て、国道5号線に入ると、人と車で大混雑していた。マニラを出て、北に逃げようとしている日本軍人と一般邦人だった。エチャーゲは国道5号線を北上した先にあった。

1月9日、いよいよ、アメリカ軍は上陸を開始した。

1月10日、冨永司令官はエチャーゲに着いた。

エチャーゲでは、操縦士が数百名、台湾からの迎えの飛行機を待っていた。フィリピンから逃げたいと思っている一般邦人も、飛行場の周りに何百人と待っていた。なんらかの理由をつけて、なんとか乗り込める奇跡を探していたのだ。

16日、アジア・太平洋戦史に長く記録されるであろう、信じられないことが起こった。

司令官の逃亡

冨永司令が、エチャーゲ南飛行場から台湾に逃亡した。同行したのは、マッサージなどの身の回りの世話をしている准尉だけだった。

飛行場で、日がな一日、台湾からの飛行機を待っていた新聞記者に目撃された冨永司令は「台湾への出張を命じられた」とあっけらかんと答えた。ある新聞記者は、「これはおかしいと感じなかった私達もうかつであったかも知れない」と書き残している。第四航空軍の最高司令官が、供の参謀も連れず、ただ一人で、この時期に台湾に出張に行くはずがないのだ。

戦後、生き延びた冨永司令は、電報で命令を受けたのだと強弁した。電報は、2通が混信し、文字崩れが起き、判読できないものだった。

もちろん、大本営も南方軍も、出張の命令など出していなかった。冨永司令は、そういう命令が来たのだと言い張り、飛行機を用意させた。

冨永司令の単独逃亡の計画を、事前に気付いている参謀達もいた。だが、止めなかった。司令官が台湾に逃げれば、部下である自分達も堂々と司令官を追って、フィリピンを脱出できるからである。しかし、この日、天候が悪く、飛行機はバシー海峡を越えられず、エチャーゲのさらに北のツゲガラオ飛行場に引き返した。

次の日、掩護の隼を2機増やして、冨永司令は台湾に渡った。護衛を増やさせたのは冨永司令だった。

ツゲガラオの将兵達は、怒りに身を震わせた。ガソリンが欠乏し、飛行機を飛ばすことは厳しく制約されていた。それを、冨永司令は無視した。さらに、特攻では直掩機も戦果確認機も出さなくなっていたのに、自分だけは、4機の隼を掩護につけた。

冨永司令の飛行機を整備した下士官は吐き捨てた。

「こんなやつが軍司令だなんて、盗人みたいなもんだ。軍司令官が逃げるんなら、俺達も台湾へ行きゃいいんだ。今度、台湾で見つけたら、冨永のやつ、たたっ斬ってやる」

儀式が大好きだった冨永司令は、特攻隊員を前にして、必ず、この言葉を繰り返した。

「決して諸君ばかりを死なせはしない。いずれこの冨永も後から行く」

〝軍神〟は死なねばならない

1月23日、陸軍省は佐々木を含めた特攻隊の何人かの戦死に対して感状が出て、上聞に達したと発表した。佐々木は、これで2度、天皇に生きたまま死んだと報告されたのだ。こんなことは前代未聞であり、これ以上、天皇に嘘をつくことは許されなかった。

24日、ようやく佐々木はエチャーゲに着いた。途中で待機したり、空襲にさまたげられたり、ゲリラから逃げたり、別の車を探したりした結果だった。

すぐに、第四飛行師団の司令部に行った。そこには、猿渡参謀長がいた。猿渡参謀長は、険しい顔で佐々木をにらみつけた。


「佐々木、お前は死んだんじゃなかったか」

「はい、生きております」佐々木は参謀長の目を見て答えた。

「カローカンの軍医は、佐々木は重体で今にも死にそうだと言っておった。あれは仮病だったのか？」

「本当にマラリアで寝ていました」

「お前には、死なねばならんことを、よく言いきかしたはずだ。それなのに、言うことをきかんで、こんなとこまでふらふらとやって来る。お前のような奴がおると、うちの師団の面汚しだ。もう、面倒は見てやれんから、勝手にしろ」

佐々木は不愉快な気持ちになって部屋を出た。エチャーゲに行けという命令があったから、空襲やゲリラに追われながら、ようやくたどり着いたのだ。それが、なんで師団の面汚しになるのか。

25日、佐々木の母、イマは札幌市に行った。大日本国防婦人会から表彰されることになっていた。イマは150センチに足りない小さな体で腰が曲がっていた。

表彰式の後、新聞記者に囲まれて、イマは軍神友次について語った。

「どんなに立派に死んでも、うれしいと思うのは、ひと泣き泣いて、おちついてからです。私は初めの発表の晩、お悔みの方がみんな帰られて、ひとりぼっちで仏壇の前に座り、友次の写真を見つめているうち、写真の中の顔が生きていて話しかけてくるように見えました。私は子供のように泣きじゃくりながら、微笑んでいましたが、友次の写真も笑っているようでした」

この年の冬、北海道の雪は例年になく多かった。

佐々木は、他の操縦士と一緒にエチャーゲの地区司令部に泊めてもらっていた。ここにも、台湾に脱出しようとする軍人や民間人がつめかけて殺気立った騒ぎを繰り広げていた。ツゲガラオから台湾への飛行機が出ていることを、佐々木は地区司令部で教えられた。操縦者は優先して送り出されているが、飛行機に乗るには、搭乗証明が必要だった。佐々木は第四飛行師団に交付してもらわなければならなかった。師団司令部に行って、問い合わせると、操縦者であっても、佐々木には証明書を出せないと言われた。

「どうして私にだけは出せないのですか？」

担当の曹長が少し当惑した表情で答えた。

「佐々木伍長は戦死している。生きていないのだから、証明は出せんよ」

たいていのことに慣れてきた佐々木も、この言葉には暗い気持ちになった。自分は生きていないので、台湾に行く飛行機に乗ることはできない。

大岡昇平の『レイテ戦記』（中公文庫）には、6行ほど佐々木に関する描写がある。

12月4日の万朶隊の特攻を説明し、

「その時、搭乗員佐々木友次伍長は体当りはせずに爆弾を命中させてから、ミンダナオの飛行場に着いた。特攻隊中の変り者で、自分の爆撃技術に自信があり、体当りと同じ効果を生めばよいのだという独自の信念の下に、爆弾を切り離して生還したのであった。

処罰を主張する上官もいたが、冨永司令官の裁量で、この日再び出撃させたという。ただし伍長は再び生還した。その後何度出撃しても必ず生還し、二カ月後エチャゲ飛行場で、台湾送還の順番を待つ列の中に、その姿が見られたという」

戦争の悲惨さと上層部の愚かさを冷徹に描写した戦争文学の傑作ではありながら、どこか、佐々木が「生還したこと」に対する批判的な匂いがあると感じられるのは僕だけだろうか。

「冨永司令官の裁量」というのも事実ではないような気がする。事情を知れば知るほど、「処罰」ではなく「処刑飛行」しか、佐々木に対する処置はないように思う。天皇に奏上までした軍神を、いまさら処罰はできないはずだ。

そして、佐々木は「台湾送還の順番を待つ列の中」には、いられなかった。大岡氏のイメージは、特攻隊なのに死を拒否し、ちゃっかりとフィリピン脱出を狙った人物だったのだろう。だが、事実は違っていた。

証明書の発行を拒否されてから、佐々木にはすることがなかった。同時に、猿渡参謀長がどんなに佐々木を殺そうとしても、エチャーゲには出撃できる九九双軽は一機もなかった。

佐々木は猿渡参謀長が自分に台湾行きの証明書を出さないことを、怒るよりバカバカしいと思うようになった。

今、操縦者を優先して台湾に送っている。戦勢が悪化して、操縦者の消耗が激しく、補充の人員を養成するのが間に合わない。操縦者の質が落ちるばかりだ。自分のような人間こそ、先に帰して、実戦にも教育にも使うべきだ。それなのに、正反対なことをしている。なんと不合理で愚かなことだろう。

台湾に渡れない佐々木は、たった独りでルソン島に残るしかなかった。共に戦う部隊もなければ、満足な銃器もない。アメリカ軍が侵攻してくれば、死ぬしか選択の道はなかった。

全軍特攻

1945年（昭和20年）3月中旬、「臨時集成飛行隊」が組織された。冨永中将が司令官だった第四航空軍が解体され、その指揮下にあった第四飛行師団がフィリピンに残された航空勢力を集めたのだ。

生き残った特攻隊員が十数人いて、彼等だけで集成飛行隊の一隊を作っていた。特攻隊の生き残りが集まっているので、周りからは、「神様部隊」と呼ばれた。

その中には、佐々木と津田少尉もいた。津田少尉は、佐々木と同じ鉾田で訓練を積み、佐々木と話すことで「生き延びよう」と決めた人物だった。

集成飛行隊は組織されたが、飛行機は一機もなかった。佐々木や津田少尉は、ただ、エチャーゲで時間を潰すしかなかった。整備班は、破損機の部品を集めて、継《つ》ぎ接《は》ぎだらけの飛行機を造ろうとしていた。

大本営は「天号作戦」を発令した。沖縄、九州に近づいてくるアメリカ軍機動部隊への特攻を柱とした航空作戦だった。全軍特攻と言っていいものだった。

3月26日、アメリカ軍の沖縄上陸が始まった。

フィリピン、ルソン島のアメリカ軍の侵攻は、日本軍の激しい抵抗の下、じわじわと進んでいた。

集成飛行隊も、操縦士を台湾に輸送する方針に変えられた。継ぎ接ぎだらけの飛行機を造って出撃を目指すより、操縦士を守ろうと決めたのだ。次々とアメリカ軍の隙をついて台湾に送られていく中、佐々木と津田少尉が残された。

「幽霊には、命令が来ないからな。搭乗命令は出ないよ」第四飛行師団の空輸担当曹長は二人に繰り返した。

5月末には、台湾空輸は事実上、途絶した。バシー海峡をアメリカ軍機の目を盗んで飛び続けることが不可能になったのだ。

6月、第四飛行師団の本部は、ルソン島のさらに奥地のキャンガンに移動したが、集成飛行隊はエチャーゲに残された。

6月15日ごろ、アメリカ軍がエチャーゲの町に入って来た。集成飛行隊はいくつかの小隊に分けられ、津田少尉が率いる津田小隊の所属になった佐々木は山の中に逃げ込んだ。

山では、粗末な仮小屋を作った。

食糧はもちろん自給自足。大岡昇平の『レイテ戦記』に描かれた飢餓と病気の地獄が始まった。

最初は、徴発という名前の略奪だった。フィリピン人のとうもろこしや鶏、水牛を奪った。やがて、それも底をつき、食べられそうなものはなんでも食べた。葉の柔らかそうな野草は、火があれば飯盒《はんごう》で煮たが、なければ生のまま噛んで飲み込んだ。動くものは、蛇、とかげ、蛙、オタマジャクシ、みみず、などを食べた。ただ一日中、食べるものだけを探し、食べるもののことだけを考えた。

そして、佐々木の顔から笑顔が消えた。ときおり考え込んだ表情にもなった。どんな時にも、はにかんだ笑顔を忘れず、猿渡参謀長に何と言われようと胸を張って大空から戻ってきた佐々木も、ジャングルの生活では変わっていった。

空も飛べず、台湾にも行けず、ただ、自分はフィリピンの山の中で空腹に苦しみながら、死を待っている。佐々木にはそれが耐えられなかった。

津田少尉は、暗い顔の佐々木を何度も励ました。「こんな所で死んでたまるか。佐々木も元気を出さなあかんよ」
けれど、佐々木の顔に気力が満ちることはなかった。
死の臭いがフィリピンの山に満ちていた。

敗戦へ

1945年(昭和20年)6月25日、大本営は沖縄の組織的戦闘の終了を発表した。日本軍が負けたのだ。

7月に入っても、佐々木はなんとか生きていた。唯一の幸運は、逃げ込んだ山にはアメリカ軍の空襲がなかったことだった。爆撃する意味も価値もなかったのだ。常に空腹と下痢に悩まされた。だが、マラリアが再発することはなかった。それは奇跡だった。

8月10日早朝、御前会議で、ポツダム宣言の受諾が決定された。軍部は最後まで降伏に反対した。神風特別攻撃隊を始めたことで「特攻の産みの親」と言われた大西瀧治郎中将は「今後二千万の日本人を殺す覚悟で、これを特攻として用うれば、決して負けはせぬ」と最後まで主張した。

8月15日、ラジオで天皇は、ポツダム宣言を受け入れ無条件降伏をすると、国民に伝えた。

フィリピンの山にも、日本軍の降伏を告げるたくさんのビラが撒かれた。もう佐々木が出撃する可能性はなくなった。9回出撃して、9回生きて帰って、終戦を迎えたのだ。

ちなみに、『特攻隊振武寮』での「八度の出撃」という表現は、1944年11月25日の3回目の出撃を数えていないかもしれない。奥原伍長が空襲で死んだ時だ。佐々木は飛行機のエンジンを回し始めたが、空襲ですぐに止めた。離陸していないという意味だと、12月14日、7回目の出撃の時も、尾輪の故障で飛び立てなかった。菊水隊と合流できなかった時だ。

ウィキペディアでは、佐々木の攻撃回数は「9回以上」となっている。佐々木がマラリアに苦しめられている時、万朶隊に出撃命令が出て、鵜沢軍曹が飛んだ。命令の数だと、9回以上という計算だろう。

いずれにせよ、細かい数合わせは意味がないと思う。とにかく、佐々木は生き延びた。

殺害命令

佐々木はマニラ近くの捕虜収容所を経て、さらに南のカンルーバン収容所に送られた。カンルーバン収容所は、食糧事情がよく、佐々木はたくさん食べ、目に見えて体力が回復してきた。

佐々木はそこで、読売新聞の鈴木英次記者と再会する。戦争中に何度も話した相手だった。鈴木記者は佐々木が生きていることに驚いた。鈴木記者は「佐々木、お前、殺されることになっていたのを知っているか」と話し出した。

第四航空軍は佐々木と津田少尉の銃殺命令を出していたと鈴木記者は続けた。大本営発表で死んだ者が生きていては困るから、そんな命令を出したのだと。

佐々木は驚き、信じられなかった。

鈴木記者はさらに、第四航空軍の命令は、第四飛行師団の猿渡参謀長が実行するはずだった、と説明した。二人を分からないように殺すために狙撃隊まで作っていたと。

「俺達新聞記者もエチャーゲの山の中にいたが、近くにいた地上勤務の兵隊が怒ってね。特攻隊の狙撃命令を出すとは何事かというわけだ。佐々木達を守れというので、狙撃隊を見つけて応戦しろと騒いでいた。日本が降伏したので、佐々木達も命が助かったようなものだ」

佐々木は激励を続けてくれた冨永司令の顔を思い浮かべてショックを受けた。台湾への逃亡だけではなく二重、三重の意味で裏切られたと思った。

同じ頃、津田少尉もまた、高千穂空挺隊の大尉から「殺せという命令」が出ていたという話を聞いた。

別々のルートで同じ話を聞くということは、殺害命令が事実であることを裏書きするものだろう。戦争が長引いていれば、二人は近くの山から来た日本兵に殺されていたのだ。

帰国の途

1946年（昭和21年）1月6日、佐々木はマニラ港でアメリカの輸送船に乗った。空から何度も見たアメリカ軍の揚陸船だった。自分がそれに乗って日本に帰ることに、佐々木はなんだか皮肉なものを感じた。巡り合わせによっては、自分が爆弾を落としていたかもしれなかった。

9日後、船は富士山の見える三浦半島の浦賀港に入った。港の内外に見える艦船はすべて、アメリカ国旗を翻《ひるがえ》していた。日本の船は一隻もなかった。

佐々木は寒風に吹きさらされながら浦賀の土を踏んだ。1946年1月15日、とうとう佐々木は帰ってきた。1944年10月23日、九州の雁ノ巣飛行場を飛び立って以来、約15ヵ月ぶりのことだった。

佐々木は急に不安になった。自分は死んだことになっている。北海道に帰っても、戸籍上は死亡となっているだろう。自分はどうしたらいいんだろう。

収容所の係官に相談すると、そうした例は他にもあるからと、市ヶ谷に行くことを勧められた。そこには、第一復員局があり、その中に第四航空軍の復員事務を扱っている部課があるということだった。

浦賀の収容所に2日いた後、1月18日、佐々木ら復員部隊は隊列を作って収容所を浦賀駅に向かって出発した。途中で露店が並んでいる道に出た。それが闇市と呼ばれるものだと気がついた。

行進を続けていると、ひとかたまりの男女が叫び始めた。寄せ集めの服を着て、それでも寒さに震えているような、惨めな姿をしていた。やがて、彼ら彼女らは、復員軍人の列に向かって石を投げ始めた。佐々木にはののしる声がはっきりと聞こえた。

「日本が負けたのは、貴様らのせいだぞ!」

「いくさに負けて、よくも帰ってきたな。恥知らず!」

「捕虜になるなら、なぜ死なないのか!」

石つぶては、佐々木の前後にも飛んできた。復員軍人達は、ちらっとその方を見ただけで、あとはうつむいて黙り込んで歩いた。

佐々木達は、貨物列車に押し込まれ、東京に運ばれた。横浜を過ぎると、列車は廃墟の中を走った。扉の隙間から見える無残な焼け野原に復員軍人達は、驚きと絶望の声を上げた。

佐々木は東京駅から電車で市ヶ谷の第一復員局に向かった。第一復員局は元の大本営陸軍部のあった建物だった。佐々木は戸籍上の手続きのために第四航空軍担当者のいる部屋に入った。

責任者らしき男が佐々木を見た。眼帯をかけていたので佐々木はすぐには誰か分からなかった。

「よう、今帰ってきたか」

眼帯の男は、親しいとも横柄ともつかない調子で呼びかけた。佐々木には忘れられない声だった。

「はい。今、東京につきました。参謀長殿はいつ帰られましたか？」

「だいぶ前に帰った」

猿渡参謀長は、昔の気難しく、ぶっきらぼうな言い方に戻った。

佐々木は猿渡参謀長の真正面に立って、その顔を見つめた。自分をいくたびも殺そうとした男の顔だった。そればかりか、最後は射殺することも計画していたという。

佐々木の体から激しい怒りが湧き上がってきた。が、同時に、浦賀の収容所の出来事が浮かんできた。収容所では、兵隊達が横暴だった将校下士官達に対して復讐していた。かつて乱暴を働き、暴力的な制裁を続けた奴らに対して、兵隊達が追い回し、袋叩きにしていた。

佐々木はそれを見て、虚しい気持ちになっていた。猿渡参謀長を、いや、猿渡元参謀長を殴っても傷つけても、飽き足りないものを佐々木は感じた。

よく見れば、猿渡元参謀長は別人のようにしわが深くなっていた。急に歳を取ったようで、薄汚れた姿にはなんの威厳もなかった。自分が戦い、抵抗した相手の本性が意外なほど見すぼらしいものだと思うと、佐々木は怒りが急にしぼんでいくのを感じた。

猿渡元参謀長をどんなに殴ろうと、どんなに傷つけようと、それですむものではない。もう無関係になろう。佐々木は、そう思って第一復員局を出た。

「最後の一機には、この冨永が乗って体当たりをする決心である」と、毎回、特攻隊に向かって訓示していた冨永司令官は満州で終戦を迎え、ソ連の捕虜となった。そして、1955年（昭和30年）、10年間の捕虜生活を終えて帰国し、1960年、68歳で寿命を終えた。

「特攻の産みの親」と言われた大西瀧治郎中将は終戦の翌日、8月16日に自決した。54歳だった。

雪の北海道

佐々木友次は、市ヶ谷の第一復員局からまっすぐに上野駅に向かった。北海道に帰ることにはためらいがあった。故郷で盛大な自分の葬式が2度もあったことを、佐々木はフィリピンで北海道新聞を読んで知っていた。

特攻の軍神が生きて故郷に帰ってきたら、みんな、どう思うだろう。自分を村の誇りと語った人達は、なんて言うだろう。そう考えると、気が重かった。

けれど、故郷以外、他に行く場所はなかった。

上野から青森に行く列車は、復員軍人や外地からの引き揚げ者ですし詰め状態だった。佐々木は、フィリピン生活での栄養失調から充分に回復していなかった。10時間以上、列車に揺られて、青函連絡船で函館に着いた時は、発熱して全身がうずいた。マラリアが再発したのだ。

函館は一面の雪だった。とうとう北海道の土を踏んだ。そう思うと、佐々木は心が揺さぶられた。だが、一刻も早く故郷に帰りたいという思いにはならなかった。

札幌駅に着いた時には、歩けないほどフラフラになっていた。佐々木は横になれる場所を探して、札幌駅の中を歩いた。

どこにも休める椅子はなかった。椅子の板も壁の板も、剝がされ、壊されていた。それがたき火に燃されていると気付いた時、佐々木は、戦争に負けるとはどういうことか、人々の心がどれほど荒《すさ》むかをきりきりと感じた。

佐々木は、待合室の隅の土間に、直に毛布を敷いて倒れ込んだ。体が宙に浮いているようだった。その間も、うなされるように考え続けた。戦死した者が帰ってもいいのだろうか。村の人は、なんと言うだろうか。

突然、英語の会話が耳に入った。目を向けると、若い女性とアメリカ兵がふざけあっていた。カタコトの英語を話す日本人女性を見て、佐々木は衝撃を受けた。

フィリピンの捕虜収容所では、アメリカ軍が内地に上陸すれば、日本の女性達は貞操を守って自決するだろうと言いあっていた。

けれど、今、目の前では日本の女性が、敵性語と言われた英語をしゃべり、アメリカ兵の腕にぶら下がっている。

佐々木は、その光景を見ながら、猛烈な疑問が湧き上がって来た。

「なんのための、体当たり攻撃だったのか」

当別の小さな駅は何も変わってはいなかった。昔と同じように雪が降り続いていた。

熱で上気した顔に、冷たい雪がしみた。これが当別の雪だと思った。昔と変わらない当別の雪だ。佐々木の胸に激しい感情が込み上げて来た。

改札口を出ると、函館で出した電報を受け取った弟といとこが、佐々木を待っていた。

「よく帰ってこられたな」

佐々木は黙ってうなづくだけだった。言葉にならなかった。

佐々木は二人が用意した馬《ば》そりに乗った。

駅前の家並みが切れると、雪は激しくなった。真っ白な山も林も家も、すべて子供の時から見慣れた当別の風景だった。風はびゅうびゅうと音をたてて石狩の雪原の上に吹き渡り、雪と雪けむりを馬そりにたたきつけ、包み込んだ。馬そりの馬は、足の半ばを雪の中に取られながら懸命に進んだ。やがて、長い木の橋にかかった。下には、深く青い水が流れていた。当別川だった。

「いよいよ帰ってきた」佐々木は思った。

まっすぐに延びた白い道の右手に、雪に覆われた藁葺きの家が見えてきた。佐々木の心臓は高鳴った。

軍神の家は軒先まで雪に隠れていた。佐々木はためらいながら、体の雪を払って戸口のくぐり戸を開けた。家の中は暗かった。懐しい匂いがした。何か言おうとしたが、声が出なかった。

その時、障子が開いたと思うと、黒い、小さなものが飛び出してきて、佐々木の体にぶつかった。抱き止めると、ううっという声がした。母のイマだった。

「お前、帰ってきたんかいや」

イマはそう言うと、大粒の涙をこぼした。

佐々木の心の中に満ちていたものが、一気に外に溢れ出した。佐々木も声を上げて泣いた。

1946年（昭和21年）1月21日、佐々木は生家に帰ってきた。

戦後を生きる

佐々木は当別村に帰って、しばらく寝込んでいた。その間に、岩本大尉の妻、和子に自分の帰郷を手紙で伝えた。岩本大尉のことを話したかったが、和子の実家がある山口県の萩まで旅行できる体の状態ではなかった。

それでも、まず、村役場に出向き、戸籍を復元してもらった。生活必需品は配給になっていたので、一刻も早く「生き返る」ことが死活問題だった。

春になり、ようやく体力も回復した頃、村役場から男がきて、佐々木に、特攻隊員としてもらった勲章と賜金を返納するようにと要求した。佐々木の戦死に対して、勲章と共に死亡賜金が国債の形で3000円渡されていた。佐々木は反発したが、父親の藤吉はすぐに返せと佐々木に言った。

「お前らがだらしないから、いくさに負けたのだ。俺達の時とはえらい違いだ」

日露戦争を生き抜いた人間としては、今回の敗戦は腹が立ってしょうがないようだった。なにかあると、父親は憤慨を口にした。

佐々木は父親の言う通り、勲章も賜金も返納した。

体力が回復した佐々木は、母親から汽車賃を借りて萩に向かった。

萩では、和子も和子の父母も佐々木を喜んで迎えた。佐々木の語る岩本大尉の話を、和子達は涙を流しながら聞いた。佐々木は、岩本大尉の墓に参った後、引き止められるままに数日、滞在した。

和子には養子ができていた。

夫岩本益臣が死んで、和子はずっと夫の後を追うことを考えていた。終戦の前年、益臣の実姉が1歳になるかならないかの子供、博臣《ひろみ》を連れて、和子も住む岩本大尉の実家、福岡に来た。幼いながら、笑うと目の細さが岩本大尉にそっくりで、和子は赤ん坊の笑顔を見ながら、夫を思い出して涙を流した。

そんな姿を見た実姉は、赤ん坊の博臣を、益臣の息子として育てないかと、和子に申し出た。和子は心底喜び、博臣を我が子として育て、夫と同じような立派な航空軍人にしようと決めた。

生きていく理由を見つけたのだ。

戦後、和子は、婚家を去り、博臣を連れて萩の実家に帰った。だが、妻としての籍はそのまま残した。和子は、上京し、文化服装学院で洋裁を学び、地元の萩に洋裁学院を開いた。経営は苦しかったが、博臣の成長を生きがいとして、生涯、独身のまま岩本姓を名乗った。

佐々木は1950年（昭和25年）結婚した。妻の名前は、偶然にも岩本大尉の妻と同じ和子だった。そして、その年に生まれた長男に、博臣と名付けた。岩本大尉の子供と同じ名前をつけたのだ。

佐々木は結婚した後も、飛行機に乗ることを考え続けた。けれど、家業である農業を継ぐのは佐々木しかいなかった。

特攻について自分から語ることはなかったが、こだわりはあった。

1968年（昭和43年）、北海道の丘珠《おかだま》にある陸上自衛隊の駐屯地《ちゆうとんち》に勤務する、北部方面航空隊の航空隊長が、フィリピンで万朶隊の掩護をした第二十戦隊の隊長であることを知った佐々木は、直接会いに行った。どうして、自分が体当たりをしたことになったのか、どうして自分が戦艦を撃沈したことになったのか、掩護隊の隊長だった人物なら分かるだろうと思ったのだ。

だが、自衛隊の一等陸佐は、佐々木の質問に対して、よく記憶してないとか、どの操縦者だったのか分からないとかと、あいまいな答えをするだけだった。

将校だった人は、真実を語ろうとしていない。日本軍の不名誉なことを隠そうとしている。戦後、20年以上たっても変わっていない。佐々木は虚しい怒りを感じながら、当別に帰った。

やがて、佐々木は特攻を語ることはなくなった。まれに聞かれても、言葉少なく濁した。

岩本大尉の息子、博臣さんは、幼い頃、萩に訪ねてきた佐々木を覚えているという。4～5歳の時だった。その後、佐々木は、畑で取れたジャガイモやタマネギなどを送り、小学生だった博臣さんはお礼状を書くというやりとりがしばらく続いた。

佐々木は大空への憧れを持ちながら、妻と共に黙々と実家の農業を続けた。経済的には苦しかったが、当別の地でなんとか4人の子供を育て上げた。9回特攻に出撃し、9回生き延びた陸軍第一回の特攻隊員は、戦後、北海道の大地で生活を続けた。

第３章　２０１５年のインタビュー

2015年10月22日

「いくつか友次さんに聞きたいことがあるんです」僕はドキドキしながら会話を始めました。

目の前には札幌の病院に入院している92歳の佐々木友次さんがいました。目を閉じたまま、上半身を起こし、正面を向いていました。

（友次さんは糖尿病で失明して、6年ほどたっていました。当別町で独り暮らしをしていて、ケガをし、入院したのです）

——まず、根本的なことなんですが、飛行機に乗る時は、戦闘機とか爆撃機とか、本人が選べるんですか？

「選べない。飛行場で与えられた訓練機をそのまま、戦場に持っていくの」

——自分は戦闘機の隼に乗りたい、とか言えるんですか？

「言えないですね。与えられたところで処置しなきゃ」

——九九双軽を与えられたことは満足していたんですか？

「そうそう。あれは、最初は良くないって言われたんですけどね。乗ってみると、双発で航続距離もありますし、調子はよかったんですよ。それで、好きで乗るようになったんです」

——子供の頃、新聞社の飛行機を見てたんですよね。

「飛行機の音を聞いたら黙っていられねえ。狂ったみたいに追いかけてね」

――それで仙台の逓信省の航空機乗員養成所に入ったんですよね。軍とは違うんですか？

「違うと思うんですけどね、私が入ったときは軍とおんなじ。軍より厳しかったですよ」

――意味なく殴られるとかそういう軍隊的なことを承知できなかった？

「そうですね。軍隊以上にやられましてね。それはつらかったですよ。二日目からばんばんやられてました」

――17歳で入られたんですよね？　17歳までは？

「農家をしてた」

――養成所に入ることにお母さんとか反対はなかったですか？

「子供がいっぱいいたからね。そのころは軍人の世界だから、一人でも軍隊に入ればそれだけ幅をきかすっていうか、家の中が良かったんですね」

――九九双軽に乗ったのはそのあとですよね。

「そのあと。軍に行きましてね、私達はそのころもう軍に行くことが使命みたいな気持ちだった。そして、行ったら九九双軽を与えられた。それで訓練したわけ。毎日毎日急降下訓練、そればっかりやってた」

――岩本大尉が得意だった跳飛爆撃の訓練っていうのはなかったんですか？

「やらなかった」

——そもそも友次さんは岩本大尉とはいつ出会ったんですか？　鉾田？

「鉾田ですよ。鉾田で訓練してるときから」

——岩本大尉も双軽の名手だったんですか？

「名手。当時は有名だったですよ。あの人、上手だってね」

——万朶隊は名手を集めたんですか？

「当時はね５人、将校いたんです。将校連中はみな名手」（空中勤務者の将校は５名。うち、操縦者は４名。もう１名は通信手——鴻上注）

——最初の特攻なので名手を選んだんですか？

「選んだんでしょうね。私達は下士官なので、そのあとをついていったんですけど」

——下士官は上手かったんですか？

「下士官だってみんな訓練して上手だったですよ」

——でも上手いと余計、特攻を命じられたらプライドが傷つかないですか？

「そうなんですよ」

——でも陸軍は上手い人を選んだんですか？

「そうでしょうね」

——友次さんは一番年下ですよね。

「年下です」

特攻と聞いて

——我々は特攻なんだって、鉾田で出る前にはもう聞いていましたか？

「聞いてたんですよ。もう内地にいたとき聞いてた。おまえ達は、特攻で明日、出発だって命令聞いた」

——それ聞いて友次さんはどう思ったんですか？

「いや話にならんですよ。動揺して」

——高木さんの本（『陸軍特別攻撃隊』）によると、爆弾を落とせないのをなんとか、落とすようにできないかって友次さんも考えたって書いてありましたけど。

「いやそれは、とてもじゃないけど残酷で、現実に見ればわかるけど800キロ爆弾なんですよ。当時の爆弾としては相当大きな爆弾ですよ。それをつけて飛んでいくんだから必勝の確率がないといけない。なんでこれつけていかなきゃならんのかと不思議に思いましたけどね」

——その3本の槍のついた飛行機を見た時、友次さんはどう思ったんですか？

「切ない思いと、これで一発で撃ち取っていかなきゃならんっていう二本立ての思いがあって、どっちも苦しいですよ」

――先に海軍の神風特別攻撃隊が出撃しましたよね。海軍の特攻に対しては何か思ってました？

「海軍に負けてられんって気持ちが多いですよ」

――飛行機乗りっていうと零戦って言われることが多いですけど、陸軍からしたら悔しくなかったですか？

「悔しくはないですよ。決められた飛行機ですからね、文句は言っていられない」

――好きな飛行機に乗っていいって言われたらほかのに乗ってました？

「いやそんなことはないですよ。やっぱり自分の乗る飛行機が一番いい」

――九九双軽は身のこなしというか、スピードもけっこう出たんですか？

「評判は悪かったけど、３５０キロは普通の速度で、４００キロは出た。５００キロ近くで戻ってきたりしたっていう調子なんです」

――高木さんの本では、帰ってきた友次さんを猿渡参謀が激しく責めたと書かれているんですが、ほかの特攻の人達は友次さんに声をかけたりしたんですか？

「それは、声かけるような場所じゃないですよ。お互い無言の形で出て行かなきゃならないところがあるから」

――特攻に行く人から、おまえは帰ってきて羨ましいとかずるいとか言われたことは。

「そんなことはぜんぜん。口に出しては言えないですからね」

――どうしてですか？

「そういう雰囲気ですからね。戦地っていうのはそんなもんじゃないんです」

――じゃあ、特攻から帰ってきたときに周りの目はきつかったりするんですか？　それとも、よっしゃって認めている目なんですか？

「それはやっぱり厳しいですよ」

――一緒に病院にいた出丸中尉のこと、憶えていらっしゃいますか？　おれは帰ってきたけどまた行かなきゃいけないっていう。

（佐々木さんは、「出丸中尉」の名前を聞いた瞬間、もたれていたベッドから体を起こしました。体が一瞬、緊張したように見えた）

「あの人はね、やっぱり将校だから、下士官の我々とは違うんですよね。立場が違うから帰ってきても出撃を何回もしなきゃいけないんですよ。それは諦めてましたよ」

――将校と下士官は立場が違うわけですか。

「違いますね」

——ということは友次さんが9回生きて帰ってきたというのは下士官だったことも大きいってことですか？

「そうですよ。下士官だから帰ってこれた」

——でも、もし岩本大尉が亡くならないでそのまま出撃したら、岩本大尉も「死ぬな」って言っていたじゃないですか。

「岩本大尉はね、立派な人だからやっぱり率先してアメリカ軍に突入していく腹構えでおったのは間違いないです」

——ということは、岩本大尉がもし生きてたら突っ込んだということですか？

「突っ込んだでしょうね」

——でも、岩本大尉が突っ込んだら佐々木さんも突っ込むしかないんじゃないですか？

「私は三番機、四番機でしたからね。当然、ついていってますよ」

——じゃあ突っ込む可能性が大きかったですか？

「ええ」

——そうですか……。岩本大尉と友次さんは、大尉と伍長だから軽く口はきけない感じですか？

「きけないけれど同志というような感じで」

――かわいがってくれたわけですね。

「けっこうね」

――どうしてでしょうか？

「やっぱり気が合ったんでしょうね。なんせ私は飛行機に乗るのが好きで好きで、どうにもならん、練習ばっかりしていましたからね」

――でもガソリンもだんだん減ってくるし、あんまり乗れないんでしょう？

「いや（鉾田）当時は乗れたの。そのうち（フィリピンでは）猿渡参謀長がガソリンがなくなってきた、訓練控えろって」

――一日何時間くらい乗ってたんですか？

「何時間ってひまさえあれば乗ってますよ」

――飛行機の上で、おしっこしたくなったらどうするんですか？

「いや、たれっぱなしですよ。どうしようもない。タオル持って行くわけにいかんし」

――ズボン汚れるじゃないですか。

「仕方ない。そのうちに乾きますからね」

――それはよくあることですか？

「よくある、みなさんよくあったと思いますよ。2時間か3時間飛んでますからね」

——おしっこ用の空き缶とか置く場所はないんですか？

「おしっこしたって乾くんだって」

——さすがにうんこは？　腹こわしてるけど乗らなきゃいけないとか。

「いや、そのころはあまり食べ物ないから。食べてませんから腹こわしたりしないです」

——特攻に選ばれると食べ物が良くなるって。

「いや、それは最初は私もそう思いましたが、だんだん最後の方になってくると」

——高木さんの本で、４回目の出撃の時に、直掩機がUターンして行ったでしょう。みんな友次さんを死なせたくなかったってことですかね？

「それはあるでしょうね。最初の私の爆撃で、どうやらやったらしいって評判が立ちましたからね。あいつは死なせたくねえっていう、それはあるんですよ」

死なない強さ

——ぼく、息子の博臣さんにお願いして、どうしても友次さんにお会いしたいと思ったのは、どうして友次さんは、死なないで耐えられたんだろうって。

「いや、耐えられたっていうか命あってのものだねで」

——でも、当時って死ぬことが美しいとか死なないとだめだって雰囲気あったでしょう？

「それはありますよ」

――なぜそれを突っぱねられたんでしょう？

「いやあ、やっぱり寿命ですよ。今でも思い出すけど11月の12日に出撃したんですけどね、今考えても身震いするくらい、切ない思いしましたよね」

――白襷隊だったお父さんの「人間そんな容易に死ぬもんじゃない」って言葉が支えだったんですか？

「それはありますね。うちの父親は日露戦争で金鵄勲章もらってきたんですけど、父は、死ぬと思うなってこと何回も言ってね」

――それと岩本隊長の死ぬなっていうのも支えになったんでしょうか。

「そうですね」

――でも友次さんはそもそも上官の無茶な命令に反抗して二日間絶食するみたいな、悪く言えば頑固、良く言えば負けじ魂があったんですかね？

「まあ、なんで死ななきゃならないかって、そういう感じは持ってました」

――それは、飛行機に乗るのが大好きだったっていうのも大きいですか？

「ええ、大きいですね」

――何が好きだったんですか？

「なんせ私達は双発のあんまり評判のよくない双軽に乗ってあちこち行きましたけど、乗ってみたら乗りやすいいい飛行機なんですよね。それで、これに乗って自爆したくないっていう気持ちがありますからね」

——そもそも、空を飛ぶことが好きだったんですか？　操縦ですか？　何が魅力だったんですか？

「なにせ、空へ浮かんでれば何でもいいんでね」

——空に浮かぶことが気持ちよかった？

「そうだね。だからひまさえあれば、一機でも、飛行場の片隅で、訓練やってたんですよね」

——訓練はつらいですか？

「つらいですよ。やっぱり尋常《じんじょう》じゃないですからね、飛行機に乗っているような連中は」

——乗ってうまくなるしかないって感じですか。最初は見てて、だんだん身体で覚えていくっていう。

「そうそう。それはやっぱり、鳥の羽みたいに自由に動くようになります。何回か乗っていたら」

——最初に乗った飛行機って憶えてます？

「それは、練習機だから、九五式一型練習機って言って」

――それは海軍でいう赤トンボみたいな感じですか？

「赤トンボ。陸軍の赤トンボ。それでね、その飛行機に乗せられたとき、びっくりしたの。それは大変だったですよ」

――何が大変でした？

「飛行機が本当に、いやーこれはよく浮かぶもんだなあって思って」

――はじめて飛んだときはどんな気持ちだったんですか？

「いやそれはね、空だか地平線だかわからない」

――どうしてですか？

「いや、興奮してぜんぜん見当つかない」

――でもすごい嬉しかった？

「うん」

――友次さんは成績はどうだったんですか？　上中下でいうと。

「私はご覧の通りチビで、たいしたことないんですけど気合だけは入ってましたからね。それなりに訓練に従ってやってましたけどね」

――話は飛ぶんですが、アメリカの飛行機が山ほどいて、直掩機が少ない時とかは、無力感が大きいですか？　それでもやるぞーっていう気持ちになる？

「無力感ですよね。どうせ死ぬんならっていう、死ぬ場合はやっぱり故郷に対しても申し訳ない、立派に死ななきゃならんってそういう腹構えがだんだんできてくるんですよ」

——そういうときでも飛行機に乗れたらまずは楽しい気持ちになるんですか？

「なりますよ」

——わくわくする？

「そう」

——本当に飛ぶことが好きなんですね。

「そうね」

——最後、乗る飛行機が全部なくなって、フィリピンの山に行くじゃないですか。そのときは戦闘はなかったんですか？　山の中で撃ち合うとか？

「ない。だってなんにもないから」

——そうか、そこまでアメリカ軍は来なかったんだ。

「来ない来ない」

——敵はアメリカ軍ではなく飢えることとマラリアとって感じですか？

「まあね。タクロバンの基地が、こちらから見た時に、ものすごい明かりがついて賑《にぎ》やかなんですよね、私はこれじゃあやっぱり日本は負けるわって思いましたね」

——それはアメリカ軍が基地を占領して、それを山の上から見て？

「そう」

——戦後帰ってきてパイロットになろうって気持ちはなかったですか？

「パイロットにはなりたかったですけど、帰ってきたのが遅かったんですよ。部隊の誰もいないし、おまえ何しに帰ってきたって顔されてもういやになっちゃってね」

——お兄さんが亡くなったから家を継がなきゃいけないっていうのもあったんですか？

「それはありました。運がいいのか悪いのか分からないけど。兄貴が死んで10日目に私が戦地から帰ってきたっていう因縁深さがある」

——故郷の目は冷たかったですか。

「それは冷たいですよ。生きて帰ってきたからやっぱり妬みもありますよ」

——2回も、にぎにぎしい葬式を出したし、皮肉を言われたり？

「それはそうですよ」

——友次さんにはこたえました？

「こたえましたね」

＊　　＊　　＊

インタビューは1時間を少し超えていました。最後の方では、さすがにお疲れの様子でしたので終わりにしました。92歳で目が不自由でしたが、記憶はしっかりとしていました。第一回の出撃の日時もちゃんと記憶なさっていました。

途中で友次さんは僕に「記者さんですか？」と質問しました。僕は「作家です」と答えました。友次さんは、「大ごとにはしたくないんです」とおっしゃいました。強い拒否というより、なんというか、とても優しい言い方でした。僕は、「大ごととは何だろう？」と思いながら、「大ごとにはしません」としか答えられませんでした。

僕は札幌で一泊し、次の日も病院に行きました。どうしても、友次さんの強さの秘密を知りたいと思ったのです。そして、同時に、同じ空間にいたいとも思ったのです。

「また、来ました」と告げると、友次さんは快く迎えてくれました。なんとなく、話すことが楽しそうに見えました。

2回目のインタビュー

２０１５年10月23日。

――フィリピンに行ってからも急降下の練習をしたんですか？

「そうそう、向こうに行ってからもしましたよ。フィリピンの一番高い山に出掛けて、その火口めがけて、岩本大尉をはじめとし、何回も訓練しましたね」

――そのときのスピードってどのくらいなんですか？

「普通は350なんですよ。計器の速度は。で、400キロから450出していく」

――一番苦しいのは身体のどこなんですか？

「いや、苦しいっていうより……なんていったらいいか、速度が出たら出たなりに、それについていくっていうことなんですね」

――操縦桿を維持するのはすごく力がいるんですか？

「力はいらないんです。飛行機と一緒に行動しますからね」

――急降下って難しいんですか？

「それは難しいですよ。海面にいる艦隊めがけて突っこんでいくんですからね。やっぱり、ひとつ間違えたらそれで終わりですから」

――上空何メートルくらいから行くんですか？

「だいたい3000メートルで進行して、500メートルまで下がる」

――でも船は3000メートルからもう見えているわけですか？

「見えてる見えてる、アメリカの艦隊だなって分かりますから」

――どのくらいに見えてるんですか？

「木の葉を少し大きくしたような、それはこまい（小さい）もんですよ」

――友次さん二回爆弾落としましたよね？　二回目の時はどのくらいの高さですか？

「３００ですね。３００から５００くらい」

――本来の九九双軽って、急降下爆撃用じゃないんですよね？

「そうなんですよ。向いてませんね」

――話は戻るんですけど、仙台の乗員養成所の入学試験は難しいんですか？

「難しいですよ。航空局の試験ですからね、なかなか厳重な試験です」

――筆記と運動能力テストですか？

「そうそう。少年飛行兵って陸軍に募集する制度があった。それ以上に難しかったですね」

――友次さんはなんでそっちに応募しなかったんですか？

「私は試験に恵まれないで、二回くらい落ちているんですよ」

――少年飛行兵に？

「そうそう。それで逓信省のほうにしか空きがなかった。そっちのほうが難しかったんですけどね」

――難しいほうに受かったんですか。

「受かったんですよ。何百人受けたかわかりませんけど、管内では３番に入ったってほめられたおぼえがあるんです」

――実技はどんなテストなんですか？

「実技は、当時は地上で歩いたり、走ったり」

――パイロットになるというのは、エリートな感じですか？

「それは感じますね」

（ところどころ、昨日と同じ話題の繰り返しが出たりしました。ただ、子供の頃見た新聞社の飛行機が、前後に二人乗りの複葉機で単発、黄色を中心にした色だったとか、朝9時ぐらいに伊達山に現れ、下から手を振るとパイロットは振り返してくれたなどの、『陸軍特別攻撃隊』に書かれていないエピソードをいろいろと話してくれました。少年飛行兵の試験に落ちたという話は、『陸軍特別攻撃隊』に書かれていないだけではなく、息子の博臣さんも初めて聞いたとおっしゃっていました）

――特攻に行くために日本を出る段階で友次さんは何時間乗ってたんですか？

「だいぶ乗ってましたよ。当時は単位がありましてね、３００時間とか５００時間乗ったら次の段階に進んでいいっていう資格がおりたことは間違いないんですけどね」

――やっぱり飛行時間が長い人がえらそうな顔ができるんですか？

「それは大変なものですよ。一つのバロメーターですから、威張るわけじゃないけどたいしたもんですよ」

――友次さん、何時間くらい乗ったか覚えてますか？

「乗ったのはだいぶ乗ったんですよ」

――自分は今まで何時間乗ったって記録は残さないものですか？

「それは飛行日誌つけてますから。それを見れば、飛行時間なんぼってわかる」

――その飛行日誌はどうしたんですか？

「どうしたもなにも、フィリピンで、なんにもないです。証拠になるものなんて一つもない」

――最初の特攻で岩本大尉が爆弾を落とせるようにしたじゃないですか。その後、不時着して別の九九双軽に乗るようになったでしょう。それでも、爆弾を落とせるように誰かがしてくれたんでしょうか？

「それはしてくれたんでしょうね。ちゃんと爆弾操縦できるようになってましたから」

――整備兵が気を遣ってくれたんですかね？

「そうじゃないですか」

――出発する前に今回も爆弾を落とせるかどうかって確認したんですか？

「そんな雰囲気じゃないですよ」

――じゃあ今回の双軽で爆弾落とせるかどうかは出撃のときによく分からない時もあったんですか？

「それはあったんですよ。でも、整備の人がちゃんと整備してくれたと思いますよ」

——岩本大尉が亡くなったあとも整備の人は続けてた？

「そうでしょうね」

——それは命令違反ですよね。

「いやあ、それはなんとはなしにじゃないですか」

生き残った者として

——昨日、戦争終わって故郷に帰って来て、周りの人の目、妬みもあったとおっしゃってたじゃないですか。帰って来て、ほかの特攻の人に何か言われたことはあるんですか？

「いや、別にないですよ。それはみなさん、気を張って、言葉に注意していましたからね、あんまり言われないんですよ」

——特攻で亡くなった人の家族から何か言われたことは？

「別に一兵卒ですからね。なにもその人に向かってどうのこうのって、あまり言われないんですよね」

——司令官側で、あとに続くからなって言ったのに続かないで戦後生きた人がたくさんいたでしょう？　その人達に対して友次さんは何か思ったりしますか？

「いや、なんもありませんね」

——何があっても生き延びてやるって思っていたのは途中から？　初めから？

「1回目で帰ってきた時ですね。これは帰れるかもしれんって思いました。その後、夜中に不時着して、飛行機は壊れたけど、自分はケガしなくて。それが一つの転機になってこれは絶対帰れるなと思って。その気になったんですよ」

——出撃して帰ってきたことを責められたでしょう？

「それは言う方は当たり前でしょうね」

——言われてもむっとしなかった？

「むっとするような雰囲気は戦場にはないですよ」

——どう思ったんですか？　反省したんですか？

「反省もなにも、今度は死んでやると思いましたけどね」

——でも同時に、何があっても生き延びてやると思ったんですか？

「そうなの」

——そのときの友次さんの本音はどうだったんですか？

「今度出たら死んでやるって気持ちもないわけじゃない。だけど生きてやるぞ、生きて帰れるかもしらんっていう気持ちもあったですね」

——生きて帰るって気持ちは、岩本大尉が言った、船を沈めればいいんだから爆弾を落とせ、無駄死にをするなっていう意味なのか、それともただただ生きて帰りたいって思ったのか？

「やっぱり無駄死にはしたくなかった。生きて帰るには条件として岩本大尉が言うように、沈めなきゃだめだぞって、それが第一条件で」

——沈めない限りは生きて帰るってことを思っちゃいかんと。

「そう。それは岩本大尉にはっきり言われたんですよ」

（次に、9回の出撃が終わり、山に入った時の気持ちを聞きました）

——乗る飛行機がないパイロットの気持ちってどんなですか？

「ないんだからもうはっきりしてますよ。諦めてしまって」

——台湾に行きたくなかったですか？

「誰も連れてってくれない」

——そのことに腹が立たなかったんですか？　しょうがないと思ったんですか？

「しょうがないと思ってました。腹は立ちませんね」

——どうしてですか？

「どうしてもこうしても。内地に帰れないからですよ」

――友次さんは生き延びられるだろうなと思いながら、内地には帰れないとも思っていた？

「そうそう、それは思いましたね」

――やっぱり死んだ奴らに対して申し訳ないって思いが大きかったんですか？

「大きいどころじゃないですよ」

――それが一番ですか？

「一番ですね」

――あんまり大げさに自分の話をしてほしくないっていうのは、それが一番の動機ですか？

「それはそうですよ。死んだ奴が一番かわいそうで」

――もし友次さんが誰かを責めるとしたら、そんな人はいますか？

「いませんね」

――運命と時代ってことですかね？

「そうそう。奥原っていう戦友が眼と鼻の先で生き埋めになってそれきり死んだことが一番衝撃が走りましたね。だって2～3メートル離れていて片一方は生き埋めになっていて、即死ですよ。それで私は2～3メートルうしろを歩いていて泥かぶっただけでなんでもないんですからね。これはもう仏さんのおかげだと」

——高木さんは友次さんの人生を中心にした本を書こうと思わなかったんですかね？

「あんまりね、帰ってきたから興奮して喜ぶとか騒ぎたくないんですよ。ひっそりとして家にいたほうが一番いいし、世間的にも申し訳が立つしね」

——一番は死んだ人への思い？

「そうそう」

——あとは近所の冷たさ、妬みとか？

「それはありますね、でもそれはこちらの言い分で、相手はどういうふうに考えているか分かりませんから。(相手が)口をつぐんで黙っていれば分かりません」

——戦後70年経ったんですけど、戦争経験した方がみんな亡くなっていくんですよね。

「もう私達が一番若いほうでしょう」

——そうすると戦争ってかっこいいみたいなイメージだけが残っていくと思うんです。

「それはありますね」

——だから特攻もやっぱり美しいとか、強調されるんですね。

「それは十分に気を付けていただいたら。同じ轍を踏まないように」

――なので友次さんのような人がいたことを伝えなきゃいけないと思うんですよ。

「いやあ私のような、一老人が騒いでもなんてことないですよ」


今回と昨日、2回とも、1時間10分ぐらいお聞きしました。92歳の方が、それだけの時間、話し続けるというのは大変なことだと思いました。また友次さんは、前歯が抜け、発音しづらそうでした。それでも、いろいろと答えてくれたのです。

＊　＊　＊

11月6日に息子さんの佐々木博臣さんに川崎でお会いしました。

友次さんに会えたことに感謝し、そして、友次さんについていろいろとお聞きしました。

背が小さいから空を飛ぶことに憧れたのかもしれないとか、農家をしながらもパイロットになりたいと父親が思っているのを子供心に感じたとか、よど号の石田機長の話とか、3人の息子の誰かにはパイロットになって欲しがっていたとか、息子さんは話されました。

自分が特攻隊員であるということより、飛行機に乗ってこんな体験をしたということを多く話されていたようです。


そして、11月10日、僕はまた札幌に飛びました。まだまだ、お話を伺いたいと思ったのです。

3回目のインタビュー

２０１５年11月10日。

友次さんは入浴中でしばらく待ちました。入浴を終えた友次さんは疲れた様子で、前回よりは少し口が重くなりました。

――いろんな話をお聞きできれば。

「70年前の話だもん、あんたの二倍の」

――二倍でもないんですけど（笑）。このまえ息子さんにもお会いしまして。いろいろお話をまた聞いてきました。

「お顔がどんな顔してるか。どんな気持ちで、心を決めてお話しできるか、それもわからないからね」

――友次さんは大ごとにしないでほしいって、おっしゃってましたけどね。友次さんがいたってことを、ぼくは、この国のために残したいんですよ。

「いや、そんな大袈裟なことではないんだって。あんた」

（もう一度、詳しく、仙台の乗員養成所の話から始めました。助教時代のことや、鉾田に行って岩本大尉に目をかけてもらった話など、確認していきました。そして、話は出撃前のことになりました）

――10月20日に壮行会がありましたよね？　そのときはもう特攻って分かってたんですよね？

「分かってた。陸軍特別攻撃隊の第一期、花形で名誉あるもんだって」

――自分が選ばれたというのを聞いた瞬間の気持ちって憶えてます？

「それは悲壮ですよ」

――上手いほうから選ばれるってみんな思ってたんですかね？

「そうそう。それに、私が入ってた」

――ということは上手いと思われたわけだから嬉しい気持ちもありました？

「それはありますよ。日本陸軍最高の特別部隊の隊員だって喜ぶ気持ちもありますよ」

――でも特攻だから、困ったなって気持ちもあるわけですか？

「さみしい気持ちがね」

――なるほど。

「なんせ、飛行場で将校がいっぱい酒一升だかぶら下げてきて、ここで宴席を張るから飲んでくれって、そのときに、いやこれは大変なことになったなと。いよいよこれで死ななければならんわと」

——友次さんはお酒は飲めないですよね。

「飲めないです。でもその時は飲みましたよ。そこは、破れかぶれで」

——自分の飛行機を各務ヶ原で初めて見た時は、嬉しかった？

「嬉しいとかそんな気持ちはないんですけど、さみしい思いはしましたね」

（そして、小学校の時からなぜか知っていた、台湾とフィリピンの間にある「バシー海峡」の話もでました。飛んでいる時、心が躍ったと）

——でもいつアメリカ軍に見つかるかわからないじゃないですか。見つかったら銃がないからもう撃たれるだけじゃないですか。それでも怖さよりも、海峡を越えていくことのほうに気持ちが躍りましたか？

「いや、おかしなもので、バシー海峡を渡るときに何を考えてたかって、これで日本とはおさらばだっていうことなんですけど、アメリカの飛行機と遭遇して撃ち落とされるような考え方は一つもないんですよね」

——なんでですかね？

「知らんから。アメリカ軍を」

(上空3000メートルから4000メートルになると寒いという話。けれど、排気暖房があったという話など、いろいろとお聞きしました)

1時間ほどのインタビューを終えた後、友次さんは、疲れた様子で僕に「もう来んで下さい」とおっしゃいました。冒頭、おっしゃっているように、目が見えれば、僕の顔が分かり、僕がどれだけ信用できるかできないか判断できるのに、それが無理なことが、とても残念そうでした。僕は、きっと友次さんはまた話して下さると感じて、札幌に泊まり、次の日、11月11日にも面会に行きました。

4回目のインタビュー

11月11日。

(「また、来ました」と声をかければ、昨日より体調がいいみたいでした。友次さんは、少し微笑《ほほえ》み、しょうがないなあという顔をしながら、丁寧に答えてくれたのです)

──なんでこうやって、お邪魔しているのか、昨日は、日本人に知らせたいと言ったんですけどそれが一番じゃないです。僕がお会いしたいと思ったのは、僕だったら途中でもういいやとなったと思うんですよ。なのに、どうして友次さんはもういいやと思わないで何回も行ってきたのかなと。それが知りたいと思って来たんです。

「なるほどね」

——船も沈めたわけじゃないですか。それでも帰ってきて猿渡さんに「突っ込め突っ込め！」って言われたら、僕だったら「もう突っ込んでやるわ！」って、「死んでくりゃいいんだろう！」って、途中で諦めると思うんですけど。

「いや、だからそれは寿命ですね。寿命があればこそ、こうやって帰ってこれたんだと思います」

——でも、だんだん死ぬことが目的になったりしていくんでしょう？

「そう」

——直掩機もないまま一機二機で飛び立たせていったじゃないですか。それはもうほぼ辿りつけないってみんな思ってるんでしょう？

「うーんそうだね」

——で、また佐々木おまえも行ってこいって言われたときに、どうして、もう分かった、帰ってくるのやめるっていう風に、くじけなかったんでしょう？

「それは、心の中では思っていたかもしれません。なかなか口に出しては言いません」

——どうして友次さんは何回も行けたんですか？

「いや、やっぱりそれは寿命ですよ。寿命に結びつけるほかないの。逃げるわけにはいかない」

——でも帰ってくるたびに怒られるんですよね。「おまえは命が惜しいのか」とか、言われるわけじゃないですか。

「それは上官だから言いますよ」

——他のいろんな人の資料を調べると、帰ってきて怒られるのが嫌だから、帰らないように無理して突っ込んだという人もいたみたいなんです。

「そういう人いますよね。詰まってしまって、気持ちも行動も詰まってしまって、行き場がなくなるんですよ」

——じゃあどうして、友次さんは詰まらなかったんですか？

「それはね、私はそれをいまもって考えているんですけど。私の父親が日露戦争で金鵄勲章もらった。それが大いに影響しているんじゃないかと思って。父親が金鵄勲章で帰ってきたんだから、俺も帰れるわと、そういう気持ちは充分あったんですね」

——なるほど、それがずっと支えていたわけですか。

「そうそう」

——じゃあ友次さんとしては最後まで気力は失わなかった感じですか？

「気力は失わなかったね。ともかく、先祖の霊に支えられているっていう一言です」

——何に支えられている？

「くに（故郷）の家の茂平沢《もへいざわ》（佐々木さんの地元）に祀られている、先祖の霊。先祖は見たこともないし、会ったこともないし。なんだけど、なんかに支えられてすがっていきたいという」

——毎日、お祈りしたりとか、お念仏唱えたりとかしたんですか？

「いやあ、そんな別に声だして言うわけじゃない、心の中で、『それじゃあ、おとっつぁん、行ってくるよ』っていうようなもんですよ」

——岩本大尉の死ぬなという言葉にも支えられました？

「そうですよ。岩本大尉が上層部に対してどこらへんに気持ちがあったのか、それは我々には分かりませんけどね。やっぱり仕打ちがひどいなということで、しっぺ返しになるような行動しなきゃと思ったんじゃないですか、軍に対する」

（話題を変えて、冨永司令官について聞いてみました）

——友次さんは冨永司令官に対しては悪い印象ないんでしょう？

「ないんですよ。握手している」

――逃げたって聞いたとき、どう思いました？

「逃げたから卑怯だなんて誰も思いませんよ。作戦上の名誉の撤退だって言って」

――じゃあ、いつ本当に逃げたんだって分かったんですか？

「私は台湾に行かなかったですからね。フィリピンで情報が入ってきたんですね」

――どうも逃げたらしいと。その時はどう思いました？

「何回も言うけど一伍長がそんな、頭、回りませんよ」

――そんなばかな、ですか？　それとも判断しようがない。

「判断するもなにも、そんな地位にはないですよ」

――エチャーゲに行ったときに地区司令部にずっと泊まったって。憶えていますか。

「何人か飛行機のパイロットばかり集めてたんですよ。それでそこに寝泊まりしていた」

――意外だったのは、猿渡大佐が「おまえは死んだ、幽霊になっている」と言いながら泊まらせてくれたことなんです。周りにあんまり嫌われていなかったってことでしょうか？

「出しゃばりじゃなかったからね。死んで帰る人間が生きて帰ってきたからね、やっぱり出しゃばりはできないなって自己規制してた。新聞記者なんかいて、これは大変なことだなって」

佐々木さんを支えたもの

――台湾に行く証明書が出なかったわけじゃないですか。そのときは落ち込みましたか。

「そのときはさすがに、もう俺も、これで日本に帰れないなと思って落ち込みましたね。パイロットはみんな帰るんですからね」

――その時はなにで自分を支えたんですか？

「やっぱり先祖。ご先祖様ですよ。いまもそう、仏様。当時はやっぱり仏様が一番精神的に強い（支え）ですよ」

――声に出して祈るのですか？

「それはないですね」

――お守りはありましたか？

「お守りはありましたね。あんまりそういう縁起はかつがなかったですけどね」

――肌身離さずは持っていた？

「それはね」

――10月にお聞きしたときに、飛ぶことがとにかく好きだったたっておっしゃってたんですけど、それも自分を支えましたか？

「それはもう飛行機に乗っていたらなにもかも忘れてしまって」

——急降下は苦しいほうが大きいんですか、わくわくするほうが大きいんですか？

「わくわくしますよね。いや、わくわくなんていうもんじゃない。しょっちゅう、見張らないといけない。見張りは自分一人しかいないんですから」

——見張らなきゃいけないのはものすごく気を遣いますよね、楽しんでいるひまもないんじゃないですか？

「いやあ、楽しむぐらいの技量を持つことが大事なんです」

——空にいるのは好きだったんですよね。また飛びたいっていう思いも、自分を支えたっていうことですかね？

「そうですね、戦場に行くのが恐ろしいとかあんまり思ったことないですよ。飛んでいればいいんです」

——帰ってきて、お母さんはよく帰ってきたって言って、お父さんはなんて言ったんですか？

「父親は、その当時まだ60過ぎたぐらいで、やっぱり、世間体はよく思っていなかったんじゃないですか。だからろくすっぽ顔を合わせなかったように思うんです。お袋は、おまえはよく帰ってきたって喜んでね、手をとってくれたんだよ。それくらい嬉しかったんだね」

——父親は、よう帰ってきたって言葉はなかったんですか？

「それは、言えないですよ」

――二回も、地区で盛大な葬式があったっていうのは、友次さん、いつ知ったんですか？

「それはフィリピンでわかってました。当時、北海道新聞は送られて、マニラまで来てましたから」

――それを見たら、「うわっ！」って思いましたか？

「いや困ったなと思って」

――どうしようと思いました？

「どうしようもこうしようも、何もできないもの」

――そうですよね、まさか生きているって手紙とか書いちゃだめなんですよね？

「そうそう。でも、生きているんだよって手紙書いて送ったことがあるんですよ。帰ってきてから見たら着いてましたね」

――俺は死んでないって手紙を書いたんですか⁉

「死んでないっていうことは書けないんですよ。死んでるんだから。だからマニラに行って春がきたとか。時期的に」

――本来死んでいたら書けない時期のことを書いた？

「そうそう」

――お母さんはそれ見てどう思ったんでしょう？

「お袋は、あいつ生きていると確信を持ってたでしょう。お袋は学校に行ってませんから自分では手紙読んでないですけど」

――でも死んでいるはずの友次さんが手紙を出すことを軍は許したんですか？

「いやあれは、内緒で出したかもしれない」

――え!?　内緒なんかで出せるんですか、あの時代に！

「普通郵便で出せば」

――そうか、フィリピンの市内から。でもばれたら大変なことになるでしょう？

「いやたいしたことない。きつかったけど、そんなにたいしたことじゃない」

――猿渡大佐はどのくらい本気だったんですかね？　「死んでこい」って言っている言葉とか。

「自然に言ったんだと思いますよ」

――友次さんは、それ聞いて怒ったりもしたんでしょう？

「いや一伍長がね、陸軍大佐をなじるとか横目でにらむとか、そんな仕草はできませんよ、当時」

――耐えるしかない？

「まあ寿命ですよ。寿命は自分で決めるもんじゃないですから」

——友次さんは自分で手記を書こうと思わなかったんですか？

「帰ってきて、すぐ書こうと思ったんですけどね。いや、へたくそなのと、頭が悪いのと。高木さんが一ヵ月近くうちにおって、手記書いてもらったんですよね」

——分かりました。長い間、ありがとうございます。

＊　＊　＊

何度も何度も、友次さんの強さの秘密を聞きました。同じような質問を何回もしました。先祖も仏様も、じつは、僕はあまり信じられませんでした。念仏を唱えているわけでもなく、お守りを信心深く持っているわけでもない。

けれど、「寿命」という言葉は強く響きました。そう考えるしかない、というのは分かる気がしました。人間は、自分の想像を超えたことに直面すると、運命とか偶然とか寿命とかと考えるようになる。

けれど、その運命や偶然や寿命を呼び込んだのは、友次さんの「空を飛ぶことが大好き」という強烈な思いと行動なんじゃないかと思いました。

いろんな要素、「岩本大尉の命令」や「父親の言葉」や「先祖や仏様」や「母親」や「飛ぶことが大好き」という思いが、9回の出撃で9回の生還という奇跡を生んだのでしょう。それは「寿命」で、寿命は自分で決めるものじゃない。

しかし、思います。『万朶隊』の中で最年少の21歳の若者が、体当たりの命令に背き、けれど逃げずに戦い、生き続けた姿勢は、「戦争中の日本人」というイメージからはるかに離れていると。


5回目の面会は12月11日。しかし、この日は、友次さんは体調が悪く、少ししか話せませんでした。12月に入って、どんどん体調が悪化していたのです。

長女の坂本美智子さんに、病院の談話室でお話を伺いました。

娘さんには、自分から「特攻隊員であったこと」を積極的に話すわけではなく、夏に終戦特集がテレビで流れ、それを偶然見ると、例えば、「フィリピンに行ってみたい」とつぶやいたりしたそうです。何度も出撃して何度も帰ってきたという話はしていませんでした。子供部屋には岩本大尉の写真が飾られていました。

父親は変わり者だったかもしれないと娘さんはおっしゃいました。「頑固な血筋が佐々木家にあったんでしょうか?」と問いかけると「あったんですね。(三人の)兄達の中にもね。これはお父さんの血だと思うことはありますね。私自身もそうですね」と微笑まれました。

第４章　特攻の実像

特攻隊とはなんだったのか

佐々木友次さんの人生を知ることは、特攻隊を理解していくことでもありました。調べれば調べるほど、「特攻隊とはなんだったのか？」という質問は成立しないと考えるようになりました。

特攻隊は「命令した側」と「命令された側」があって、この両者をひとつにして「特攻隊とはなんだったのか？」と考えるのは無意味だと思うようになってきたのです。「特攻隊は『志願』だったのか、『命令』だったのか？」という今も続く論争も、この二つの視点を明確にしなければ、意味がないと考えるようになりました（佐々木友次さん達『万朶隊』は明確に「命令」でしたが）。

『神風特別攻撃隊』という戦後、ベストセラーになった本があります。大西瀧治郎中将の部下であり、海軍の特攻を命じた中島正《なかじまただし》、猪口力平《いのぐちりきへい》の二人が書いたものです。

英語にも翻訳され、世界に「カミカゼ」のイメージを伝えました。「積極的に自分から志願し、祖国のためににっこりと微笑んで出撃した」という、今も根強いイメージです。

それには、第2章で紹介した関行男大尉が海軍第一回の特攻隊長に指名された時の様子が描写されています。

深夜、寝ているところを士官室に呼ばれた関大尉に対して、所属部隊の副長である玉井浅一《あさいち》中佐は、肩を抱くようにし、二、三度軽くたたいて、現在の状況を説明し、「『零戦に250キロ爆弾を搭載して敵に体当たりをかけたい（中略）ついてはこの攻撃隊の指揮官として、貴様に白羽の矢を立てたんだが、どうか？』

と、涙ぐんでたずねた。関大尉は唇をむすんでなんの返事もしない。（中略）目をつむったまま深い考えに沈んでいった。身動きもしない。――一秒、二秒、三秒、四秒、五秒……

と、かれの手がわずかに動いて、髪をかきあげたかと思うと、しずかに頭を持ちあげて言った。

『ぜひ、私にやらせてください』

すこしのよどみもない明瞭な口調であった」

陸軍の『万朶隊』のように、いきなり体当たりを命じられてはいません。

これを「志願」という人もいるかもしれません。けれど、厳しい階級社会の軍隊において、中佐という二階級上の上官から「涙ぐまれながら」「どうか？」と言われて断るのは本当に難しいと思います。

ところが、１９８４年、戦後40年近くたって、この夜のやりとりが猪口・中島の書いた嘘だと判明します。

のちに、僧侶になった元副官の玉井氏が、関大尉の中学時代の同級生に対して、「関は一晩考えさせてくれ、といいましてね。あの日は豪雨で、関は薄暗いローソクの灯の下で、じっと考え込んでいました」と証言していたのです。

また、『特攻の真意　大西瀧治郎はなぜ「特攻」を命じたのか』（神立尚紀　文春文庫）には、同じことを猪口参謀が大西中将の副官だった門司親徳氏に戦後、話したと書かれています。

「一晩考えさせてください」と答える関大尉に、玉井中佐は、編成は急を要する、できれば、明日にも、敵機動部隊が現れれば攻撃をかけねばならない。と、重ねて、大西長官の決意を説明し「どうだろう。君が征《い》ってくれるか」とたたみかけたのです。

そして、関大尉は、「承知しました」と短く答えました。

これは、「志願」のふりをした「強制」です。いったん、ふりをするだけ、余計に残酷だと感じます。

『神風特別攻撃隊』の欺瞞《ぎまん》

『神風特別攻撃隊』では、他の隊員の志願に関しても、嘘が書かれています。

初めて隊員達に特攻の志願を募った時を、猪口参謀は次のように描写しています。

「集合を命じて、戦局と長官の決心を説明したところ、感激に興奮して全員双手をあげての賛成である。かれらは若い。（中略）小さなランプひとつの薄暗い従兵室で、キラキラと目を光らして立派な決意を示していた顔つきは、いまでも私の眼底に残って忘れられない。（中略）これは若い血潮に燃えるかれらに、自然に湧きあがったはげしい決意だったのである」

ですが、生き残った浜崎勇一飛曹の証言によれば、23人の搭乗員達は、あまりの急な話に驚き、言葉も発せずに棒立ちになっていました。

「いいか、お前達は突っ込んでくれるか！」

玉井副官は叫びましたが、隊員達には戦闘機乗りとしてのプライドがありました。反応が鈍いのに苛立った玉井副官は、突然、大声で、

「行くのか行かんのか！」と叫びました。その声に、反射的に総員が手を挙げたのです。

それは、意志というより、突然の雷に対する条件反射でした。

玉井副官は、その風景を見て「よし判った。志願をした以上、余計なことを考えるな」

と答えました。全員が「自発的に志願」した瞬間でした（『敷島隊　死への五日間』根本順善　光人社NF文庫）。

それ以降の隊員選びでは、中島飛行長は、封筒と紙を配り、志願するものは等級氏名を、志願せぬものは白紙を封筒に入れて、提出させたと戦後、答えました。

「志願、不志願は私のほかはだれにもわからない」ためにです。

けれど、やはり生き残った隊員は、そんな手順を踏まず、実際は、「志願制を取るから、志願するものは一歩前へ」というものだったと証言しています。

中島だけに分かるのではなく、まったくの逆です。結果、全員が一歩前に出たと言います。

当事者の隊員がこう証言していても、中島は、戦後もずっと当人達の意志を紙に書かせたと主張し続け、航空自衛隊に入り、第一航空団司令などの要職を経て、空将補まで上り詰めました。

「命令した側」の物語

『神風特別攻撃隊』は、徹底して特攻を「命令した側」の視点に立って描いています。特攻の志願者は後をたたず、全員が出撃を熱望するのです。

酒の席に招かれれば、「私はいつ出撃するのですか、はやくしてくれないと困ります」

と迫られ、特攻隊員を指名する前には中島のズボンの腰を引っ張りながら「飛行長、ぜひ自分をやって下さい！」と叫ばれ、夜には自室に志願者が出撃させて欲しいと日参してくるのです。

隊員達の状態は次のように描写されています。

「出発すればけっして帰ってくることのない特攻隊員となった当座の心理は、しばらくは本能的な生への執着と、それを乗り越えようとする無我の心とがからみあって、かなり動揺するようである。しかし時間の長短こそあれ、やがてはそれを克服して、心にあるものを把握し、常態にもどっていく。

こうなると何事にたいしてもにこにことした温顔と、美しく澄んだなかにもどことなく底光りする眼光がそなわるようになる。これが悟りの境地というのであろうか。かれらのすることはなんとなく楽しげで、おだやかな親しみを他のものに感じさせる」

死ぬことが前提の命令を出す指揮官が、「動揺するようである」という、どこか他人事と思われる推定の形で書くことに、僕は強烈な違和感を覚えます。

猪口、中島というリーダーは、部下の内面に一歩も踏み込んでいないと感じられるのです。

どれぐらい動揺しているのか、本心はどうなのか、動揺に耐えられるのか。優秀なリーダーなら、部下と話し、部下を知り、部下の状態を把握することは当然だと考えます。

けれど、特攻を「命令された側」の内面に踏み込む記述はないのです。それは見事なほどです。登場する隊員達は、全員、なんの苦悩も見せないのです。それは、今読み返してみると、異常に感じます。

隊員の内面に踏み込んだ描写をせず、関大尉の場合のように嘘を書く理由は、ひとつしか考えられません。

特攻隊の全員が志願なら、自分達上官の責任は免除されます。上官が止めても、「私を」「私を」と志願が殺到したのなら、上官には「特攻の責任」は生まれません。が、命令ならば、戦後、おめおめと生き延びていたことを責められてしまいます。多くの上官は、「私もあとに続く」とか「最後の一機で私も特攻する」と演説していたのです。

大西瀧治郎中将のように、戦後自刃しなかった司令官達は、ほとんどが「すべての特攻は志願だった」と証言します。私の意志と責任とはなんの関係もないのだと。

集められた遺書

２０１２年８月28日に放送されたＮＨＫ『クローズアップ現代』は奇妙な内容でした。海上自衛隊第一術科学校の倉庫の奥深くから大量の特攻隊員の遺書が見つかったことが始まりでした。

なぜここにあるのかと調べていくうちに、1949年（昭和24年）、特攻隊員の遺書を遺族から回収して歩いた男がいたことが分かります。男は、特務機関の一員だと名乗り、このことは口外しないようにと遺族達に言いました。もちろん、戦後ですから、もう特務機関などというものは存在しません。

集められた遺書は、1000通余り。2000近くの遺族を訪ね歩いていました。どうしても遺書を渡すのが嫌だと拒否した場合は、その場で書き写したそうです。けれど、多くの遺族は従いました。

発見された遺書を初めて見た遺族が番組で紹介されていました。両親が死に、遺書を渡していたことを知らず、初めて兄の自筆の遺書を見た妹でした。

60年以上、大切な遺書は倉庫の奥で忘れられていたのです。

遺書に押されていた「二復」の文字から、この男は海軍を事実上引き継ぐ組織である「第二復員省」から情報をもらって遺族を訪ね歩いていたと分かりました。

その男と頻繁《ひんぱん》にやりとりをしていたのが猪口力平でした。

なんのために遺書を集めたのか、何が目的だったのか。

1951年（昭和26年）、特攻作戦や軍部への批判が高まっていた時に、『神風特別攻撃隊』は、その風潮に対抗するように出版されました。

この本の中には、特攻が現場の兵士達の熱望によって生まれ、出撃の志願者が後を絶たなかったということの裏付けとして、遺書7通が引用されています。

これらは、すべてこの時に回収された遺書でした。

猪口は、本の中で「海軍の特別攻撃隊員の慰霊巡拝のため、全国を行脚して歩いた篤行の士に、近江一郎という人があったが」と書き、彼が連絡、送付してくれたとして、遺書を紹介しています。「慰霊巡拝」の人物が、特務機関から来た、口外しないようにと遺族に言って回ったというのですから、不思議な話です。

番組に出た専門家は、どうしてこんなことが起こったのかという番組の問いに対して、こう考えを述べました。

この当時、10年たったら海軍は復活すると多くの人は考えていて、明治以来の立派な歴史を持った海軍を復活させたいという気持ちがあった。

その時、唯一、海軍としては軍としても人としてもやってはいけない特攻作戦を発案し、それを実行したという、本当に抜きがたい、心に刺さったとげのような部分があったのではないか。

なので、日本全国の遺族の手元に遺書があると、これは孫の代になっても、ひ孫の代になっても、自分の祖父は、曽祖父は、こういう形で死んだんだというのがずっと残る。海軍はそれがつらかったんじゃないか。

と、分析しています。

真相は闇の中です。

本の中で紹介されている遺書は、「戦場における異常心理」などに支配されず、「意外なほどしずかな落着いた精神のたたずまい」が見られると猪口は解説しています。

けれど、遺書に本音が書けなかったことは、少し調べればすぐに分かります。

特攻が「志願」だったと強調する人は、特攻隊員の遺書や遺稿に溢れる「志願」「喜び」「熱意」を根拠にしますが、それは当時の状況を無視しすぎています。

『死にゆく二十歳の真情　神風特別攻撃隊員の手記』（読売新聞社）の著者、元特攻隊員の長《おさ》峯良斉《みねりようさい》氏は「（遺書は）それが必ず他人（多くの場合は上官）の手を経て行くことを知っており、そこに（中略）『死にたくはないのだが……』などとは書けない」と書いています。

上官の目に触れなければ何を書くか。そのひとつの例が、『陸軍特別攻撃隊』の著者、高木俊朗氏が執筆を依頼し、軍部の目を盗んで直接遺族に届けることができた、上原良司氏の「所感」です。

明日出撃する『振武隊』の中にいた上原の表情があまりにも思い詰めた様子なので、高木氏は「君、ちょっと何か書いてくれ」と紙と鉛筆を渡します。

慶応大学から学徒動員で特攻隊員になった22歳の上原が、この時書いた文章は、『きけわだつみのこえ』の冒頭に収録されて、とても有名になりました。

上原氏は「自由の勝利は明白な事だ」「権力主義、全体主義の国家は一時的に隆盛であろうとも、必ずや最後には敗れる事は明白な事実です。我々はその真理を、今次世界大戦の枢軸国家（日本・ドイツ・イタリア三国同盟の諸国）において見る事が出来ると思います」と書くのです。

特攻隊のパイロットは一器械に過ぎぬ、自殺者とでもいうか、精神の国、日本においてのみ見られる事と書いた後に、「こんな精神状態で征ったなら、もちろん死んでも何にもならないかも知れません。故に最初に述べたごとく、特別攻撃隊に選ばれた事を光栄に思っている次第です」と、苦悩と思考の流れを吐露しているのです。

所感の冒頭は、陸軍特別攻撃隊に選ばれたことを「身の光栄これに過ぐるものなき」と書き、終わり近くは「明日は自由主義者が一人この世から去って行きます。彼の後姿は淋しいですが、心中満足で一杯です」としました。

上原氏の言葉は、猪口・中島が決して聞こうとしなかったものだと思います。『神風特別攻撃隊』という本は、徹底的に「命令した側」の視点で、特攻隊を世界的に広めたのです。

ちなみに、猪口力平と中島正は、それぞれ昭和の終わりと平成まで生き、80歳と86歳で亡くなりました。

守られたエリート

「命令した側」と「命令を受けた側」の違いだけではなく、「命令を受けた側」も、じつは階級によって大きく違っていました。

第1章で紹介した大貫少尉は、召集されて大学を半年繰り上げて卒業し、陸軍の「特別操縦見習士官（特操）」という制度でパイロットになりました。1年強の速成教育でした。大貫少尉を毎日、「振武寮」で罵った倉澤少佐は、戦後インタビューに答えて、大学出の「特操」に比べて、少年飛行兵は扱いやすいという持論を語りました。

「十二、三歳から軍隊に入ってきているからマインドコントロール、洗脳しやすいわけですよ。あまり教養、世間常識のないうちから外出を不許可にして、そのかわり小遣いをやって、うちに帰るのも不十分な態勢にして国のために死ねと言い続けていれば、自然とそういう人間になっちゃうんですよ」

2003年、戦後58年たち、倉澤少佐は86歳になっていましたから、ここまであけすけに語れたのだと思います。

また、大学卒業者に対しても複雑な気持ちがあったと語っています。

「私と彼らは年齢的に近い。士官学校は大学よりも教育期間が短いでしょう（通常は2年）。だから『年齢が若くして参謀なんかになって、自分は特攻隊にならないで、我々素人を特攻隊用に大学から引っ張って』っていう態度が、（大学卒の特操には）消えなかったですね。『日本の教養のある人間を特攻隊にして。士官学校などという教育期間の短い人間には、軍人学はできるけども、経済学、政治学、外交関係、国際関係などの知識がない。おまえらこそ特攻に行け』と思っていたようです」

もちろん、大貫少尉達、特操出身者が、上官に面と向かってそんなことを言えるわけがありません。けれど、倉澤少佐はそう感じていたのでしょう。そのコンプレックスがあるからこそ、余計口汚く罵ったのだと思えるのです。

ちなみに、倉澤少佐は護身用の拳銃を80歳まで手放しませんでした。「振武寮」で罵《のの》り続けた特攻隊の生存者や関係者から襲われるかもしれないとずっと警戒していたのです。80歳になってやっと、自宅近くの警察署に拳銃を提出しました。敗戦と同時に父親に預けていたが、遺品を整理していて偶然見つかったと嘘の説明をしました。

『神風』（デニス・ウォーナー、ペギー・ウォーナー著　時事通信社）によると、海軍特攻戦死者は2525名、うち予科練出身者1727名。エリートである海軍兵学校出身者は110名。大学出の「海軍飛行予備学生」出身である予備士官と特務士官は688名（別の資料によれば、特務士官は20名前後。ほとんどの死者は、予備士官)。

陸軍は、特攻戦死者1388名。主力は大学出の特操と1943年以前に入隊の少年飛行兵(下士官)でした。海軍ではここまで細かく分かっていますが、陸軍では正確な数字が公式戦記にも残っていません。

特操の大貫少尉は、戦後、「特操一期生」の名簿を求めて厚生省復員局に当たりました。が、なんの資料も残っていなかったのです。特操は四期まであって、一期生だけで2500人が入隊したのに、その資料が何一つないと聞いて大貫さんは途方に暮れます。

敗戦時に焼却したのではないかと思うほど見事なまでに残っていませんでした。「いちばん犠牲者が多かった我々を、陸軍は単なる消耗品と見なしていたのではないだろうかと、新たな怒りもこみ上げてきました」と大貫さんは書きます。

エリートを外し、若者を送り出したという点では、海軍の事情も似ていました。特攻に出撃するのは、予科練の20歳前後の下士官か、学生出身の予備士官でした。全体の特攻死者の中で、予備士官の戦死が25%。士官の死者全体の80~83%を占めます。エリートである海軍兵学校出身者は、全体の4%。士官で見れば、わずかに1%から1・4%ほど。

特攻に出撃し、アメリカ艦船に突入する時に「海軍のバカヤロ」と無線を打った特攻隊員がいました。それは、自分達の身内をかばい、学生出身や若い下士官を送り出すこういう差別構造が許せなかったのです。

出撃前、ビールビンを士官宿舎の窓に向かって投げ、「アナポリ、出て来やがれ、お前達はこの戦争で一体何をしているんだ。いま沖縄の海で戦っているのは、予備学と予科練だけだぞ!!」と怒鳴った予備士官がいたと、『予科練　甲十三期生　落日の栄光』（高塚篤　原書房）は描写しています（「アナポリ」とは兵学校出身の海軍エリートを揶揄《やゆ》する言葉。アメリカの海軍兵学校がアナポリスにあったから。日本は広島県の江田島にあったが、まさか「江田島！」とは言えなかった）。

海軍も陸軍も、自分達の一番の身内であり、中枢である海軍兵学校出身者と陸軍士官学校出身者を戦争末期になればなるほど、なるべく特攻に出さないようにしました（それでも、陸軍の方が比較的士官を出しました。海軍に比べて、航空戦力の重要性と熟練操縦者の価値を深く理解していなかったからではないかと言われています）。

洗脳

特攻が「志願」だったのか、「命令」だったのかという問いかけの時に、司令官ではなく、隊員達が書いた多くの手記は、「志願」の形をした「命令」だったと断じます。

佐々木友次さんのように、はっきりと「命令」の場合もありましたし、「志願せよ」と命令した場合もありました。命令すれば、それは「志願」ではありません。志願するまで繰り返し、問い続けられるというケースもありました。それもまた、「命令」であり、「志願」ではありません。

が、自ら志願したと判断できる場合があります。

それは、倉澤少佐が言ったように、陸軍なら少年飛行兵学校で、海軍なら予科練で10代の早いうちから軍人教育を何年も受けてきた場合だと考えられます。良く言えば純粋、別の言い方をすれば、軍隊以外の考え方を知らない若者達です。この方法がベストなのだと言われれば、軍隊式の思考方法ですから、批判することなく受け入れるのです。

が、エリートである士官達は、岩本大尉もそうでしたが、技術論として特攻に反対する人が多かったのです。岩本大尉は、当時の士官エリートがそうであったように、祖国を愛し、熱烈な天皇崇拝者でした。ですが、それと、作戦として「無意味な」特攻をすることは別だったのです。

そして、予備士官や特操という、学生を経験した若者は、軍隊式思考に染まらず、批判的知性を持っていましたから、「この方法しか戦い方はないのか?」「戦争は負けると思われるのに特攻を続ける意味はどこにある?」「なぜ、私が選ばれ、エリートの士官は選ばれないのか?」と苦悩したのです。

『神風特別攻撃隊』の中で、猪口は、全国から集めた遺書を見た結果でしょう、次のように言います。

「総じて下士官兵のものは、比較的単純であり、同型のものが多い。また、海軍兵学校出身の士官は、とくべつ書きのこしたものが奇妙に少ないようである。それは、平生からその心構えをそなえており、ことさら最後に書く必要がなかったのかもしれない。（中略）その点、学徒兵のものは、複雑な精神の曲折を自覚的にうけとめて、人間的衷情を訴えているものが目立っている」

兵学校を出たエリート達は、たたき込まれた軍隊精神と特攻という作戦の軋《きし》みに、あらゆる矛盾を飲み込んで沈黙したのではないかと、僕は勝手に推測するのです。

回天（実物大模型、共同通信提供）

『つらい真実　虚構の特攻隊神話』（小沢郁郎　同成社）は書きます。

「体当り特攻への志願・自発性の度合は、当然にもその有効性を信じる度合と並行した。種別的に見れば、回天《かいてん》特攻（一人乗りの特攻人間魚雷。先頭に1・5トンの爆薬を装塡《そうてん》した）のそれが最後まで最も高く、ついで海軍特攻機、陸軍特攻機の順となる。時期的には、特攻開始の初期ほど高く、後ほど低くなる。また、実戦経験や技術的練度の高い者や高学歴者ほど批判的であり、年齢も学歴も低い者ほど積極的であった」

すり替えと責任逃れ

「命令された側」になり、特攻隊員として亡くなった人達に対しては、僕はただ頭《こうべ》を垂れるのみです。一部の「自ら志願した」人達も同じです。深い尊敬と哀悼と祈りを込めて、魂よ安らかにと願うだけです。

「特攻はムダ死にだったのか？」という問いをたてることそのものが、亡くなった人への冒瀆《ぼうとく》だと思っています。死は厳粛なものであり、ムダかムダでないかという「効率性」で考えるものではないと考えるからです。

総ての死は痛ましいものであり、私達が忘れてはならないものだと思います。特攻隊で死んでいった人達を、日本人として忘れず、深く記憶して、冥福を祈り続けるべきだと思っています。

けれど、「命令した側」の問題点を追及することとは別です。

戦後、東久邇宮《ひがしくにのみや》首相は、「この際私は軍官民、国民全体が徹底的に反省し懺悔《ざんげ》しなけれ

東久邇宮稔彦王（皇籍離脱前、国立国会図書館提供）

ばならぬと思う。全国民総懺悔することがわが国再建の第一歩であり、わが国内団結の第一歩と信ずる」というような発言をしました。敗戦の責任に対するいわゆる「一億総懺悔」と呼ばれるものです。

「命令した側」と「命令を受けた側」をごちゃ混ぜにした、あきれるほどの暴論です。どんな集団にも、リーダーと部下がいて、責任を取るのは、「その指示を出したリーダー」です。その指示に従った部下まで責任を取るのなら、「責任」というものは実質的には無意味になります。

全国民なら赤ん坊も子供も責任を取らなければいけなくなります。冗談ではありません。また、「軍」と「官」と「民」でも立場は違います。将軍と一兵卒が同じ責任のはずがない。政治家と一下級官僚が同じ責任のはずがない。大会社の社長と事務員が同じ責任のはずがない。

特攻も同じでしょう。特攻という攻撃を決定した人。それを推進した人。それに反対した人。それに従って死んだ人。それが同じ重さの責任のはずはないのです。

けれど「一億総懺悔」という、当時のリーダーにとってじつに都合のいい考え方は、国民の一定の支持を得ました。日本国民は、「私にも責任がある」と自省しました。それは、とても思いやりのある優しい国民性ですが、問題の所在を曖昧にし、再び、同じことを繰り返す可能性を生むのです。

「命令した側」と「命令された側」をごちゃ混ぜにしてしまうのは、思考の放棄でしかないのです。

猪口は、遺書を紹介しながら「私は、神風特別攻撃隊にたいする批判はどうであろうとも、いさぎよく散ったかれら自身だけは救われてくれ、と祈念してやまないものである」と書いています。

ここには、自分が「命令した側」だという意識はありません。選抜し、命令した側ではなく、特攻隊員と同じ場所に立っているふりをしています。もっと悪く言えば、自分に対する批判を、特攻隊員への批判にすり替えることで無くそうとしています。英霊を批判できないから、自分も批判できないという論理です。意識的なのか、無意識なのか。

ですから、特攻隊員を「英霊」「軍神」と無条件で讃える言い方も、僕は気をつけないといけないと思っています。そういう言い方によって、「命令した側」の存在が曖昧になってしまうからです。「英霊」「軍神」と褒め讃えると、そんな特攻隊員を生んだ「命令した側」も評価されるイメージが生まれるのです。

特攻隊員の死は、「犬死に」や「英霊」「軍神」とは関係のない、厳粛な死です。日本人が忘れてはいけない、民族が記憶すべき死なのです。

「熱望する　希望する　希望せず」

「命令された側」の状況は、階級だけではなく、いつ命令を受けたか、つまり、フィリピン戦なのか沖縄戦なのかでも、違ってきます。

1945年（昭和20年）4月1日、アメリカ軍が沖縄に上陸している時、陸海軍部次長の間で「昭和二十年度前期陸海軍戦備ニ関スル申合」が行われ、「陸海軍全機特攻化」が決定されました。フィリピンでは、まさに「特別」の攻撃だった体当たりは、沖縄では、「主流」になります。つまりは正規の作戦を放棄し、『統率の外道』である特攻を推進することを公然と宣言したのです。

『語られざる特攻基地・串良　生還した「特攻」隊員の告白』の著者、桑原敬一《くわばらけいいち》氏は、元隊員にとって、「志願」なのか「命令」なのかはどうでもいいと書きます。桑原氏は、18歳で特攻隊員に指名され、出撃しますが、機体のトラブルで不時着、なんとか生き延びたパイロットです。

どうして、どうでもいいことなのかと言えば、「初期の特攻はいざ知らず、末期特攻においては、それぞれの航空隊が、それぞれの方法によって選抜したといわれるその実態が、本質的にはとかくの議論の余地のない命令そのものであったことに違いないからである」。

大貫少尉は、「熱望する　希望する　希望せず」と文字が三列に並んで書かれた紙を渡されます。その紙に官姓名を署名して、いずれかに丸をつけて提出しろと言われました。渡される前には、「特殊任務にみなが率先して志願してくれることを期待する」という司令官の演説が30分も続きました。

この「熱望する　希望する　希望せず」の三択の問いかけは、他の元特攻隊員の手記でも出てきます。

はっきりと「希望せず」に丸をつけたのに、次の日の訓示で「全員が熱望していることに感動した」と言った司令官もいましたし、「希望せず」に丸をつけた後、上官から呼び出しをくらい、訂正せざるを得なかった隊員もいました。

予備学生に対しては、一応、「志願」の形をとろうとしています。

予科練生に対しては、もっと高圧的でした。「全員が志願するだろうから、こちらから指名する」とか、「志願をつのる」と言いながら、反応がないと「誰もいないのか、誰も！」と全員の手が上がるまで怒鳴り続けたり、志願を当然の前提として部隊全体に命令したのです。

「全機特攻化」ですから、隊員が不足するのです。繰り返し出撃できず、減っていくだけですから、次々と特攻隊員を編成する必要があったのです。

ただし、指名されるのが、海軍や陸軍のエリートではなく、学生出身と若い下士官だったことは書きました。

「命令した側」の猪口・中島『神風特別攻撃隊』でさえ「沖縄作戦時の特攻隊の編成状況は、フィリピンや台湾のころとは少々変わってきていた」と「少々」という表現ながら、書かざるをえなくなりました。

B29の大編隊が本土に来襲し、断末魔の様相になってきたけれど、「これに対抗するためには特別攻撃法のほかに方法がない」となると「従来の志願制度ではだんだん実情にそわないものとなってきた」として、「一時の感情にかられて志願するものも多くなるし、また周囲のふんいきのため、志願には形式だけで、命令に近いような『志願』によって特攻隊員となった搭乗員も一部にはあったようである」と書きます。

また「ようである」という、他人事としか感じられない推定です。

これは中島の文章なのですが、自己弁護ではなく、本気でこの文章を書いているとしたら、他人への共感能力というかリーダーとしての資質がまったくないと思えます。いかに軍隊とはいえ、ゾッとするのです。

とにかく、フィリピンでは、まだ「志願」だと強弁できても、沖縄では「少々」変わってきたとしたのです。けれど、それ以上の描写はありません。ここに特攻の真実があったはずですが、猪口・中島は触れないのです。

偽善の姿

沖縄戦で「命令された側」がさらに悲惨なのは、満足な特攻機が少なくなったことです。

『振武寮』の倉澤少佐の戦後のインタビューでは、

「軍としては、いい飛行機はまず特攻隊じゃなくて戦闘部隊にまわします。戦闘部隊というのは天皇直結の部隊だからね。同じ死ぬんでも天皇直結に死ぬんだから、天皇直結の部隊にぼろくその飛行機をやれないですもん。特攻隊で突っこんでしまうんじゃ、戦争の理屈に合わないんですよ。でも当時はそんなこと言えないですよ」

と、正直に答えています。

沖縄特攻では、旧型機や古い機体、さらに羽布張りの、つまり翼が布張りの練習機まで特攻に使われました。

そんな飛行機で出撃する特攻隊員を、司令部は勇壮果敢と表現しましたが、整備員は泣くのです。『予科練　甲十三期生』の中では、羽布張りの中型練習機を与えられた予科練出身の少年達は、「せめて零練戦（練習戦闘機）で行きたい」と思いながら出撃します。整備員達は、「こんな子供をこんなボロ飛行機で！」と泣くのです。

どう考えても、どんなに精神力があろうと、どんなに祖国を愛していようが、戦果を期待できないから泣くのです。戦争はリアリズムであり、整備員はアメリカ戦闘機の能力と練習機の能力の違いを冷徹に知っているから泣くのです。

予備学生出身の杉山幸照元少尉は、『別冊1億人の昭和史　特別攻撃隊　日本の戦史別巻4』（毎日新聞社）に寄せた『悪夢の墓標』というタイトルの手記でこう書きます。

「特攻隊員のほとんどすべては、予備学生と、予科練生である」

「特攻隊員が、現地で特別待遇をうけ、特別の寝食を与えられていたと、想像されている人々が多いのに私は驚く。特攻隊員の宿舎は、一言でたとえれば、（中略）生き地獄だったと評しても過言ではなかった。（中略）宿舎の屋根は、穴だらけで、雨水が飛び散り、毛布を抱えて、雨を避けながら、部屋の片隅にかたまって仮眠する哀れな特攻隊員達の姿を、人々は想像出来るだろうか」

「出撃前、いまだ生をうけているとき、特攻隊員達と親しく語り合ってくれた参謀が、一人でもいただろうか。『無謀を承知だが、お国のためだ。すまんが死んでくれ』と頭を垂れた参謀が一人でもいただろうか。特攻隊員の宿舎は、陰気臭いので、窓の傍にさえ誰一人、近寄らなかったではないか。予備学生は、軍人精神がまるでなく、飛行技術も未熟だとののしられながら、離陸すらやっとの整備不良の零戦で出撃させられたのである」

「私がこのように、今でも、彼ら海軍上層部の連中を許せないのは、亡き友の真情を察する以外何物でもない。（中略）真の戦争の責任をこそ問われるべき連中が、戦没者の慰霊祭の際は、必ず出没し、英霊にぬかずき、涙を流し、今となって、特攻隊員の勇敢さをほめたたえ、遺族をねぎらっているあの偽善の姿である。あのずうずうしさには、身震いさえ感じる」

この手記が書かれたのは1979年でした。戦後、34年が過ぎても、「命令した側」に対する杉山元少尉の怒りは消えないのです。

未熟で若いパイロット

『万朶隊』や『富嶽隊』、そして『敷島隊』のように、初期はベテランパイロットを特攻隊員に命じましたが、沖縄戦になると、はっきりと未熟で経験が浅いパイロットが特攻隊員として選ばれるようになりました。それが、予科練であり、予備士官、特操、少年飛行兵の若者達です。

兵学校や士官学校を出ていない古参下士官達は、「俺を特攻隊に選んだら許さんぞ」と放言して牽制した者が多かったと言います。任命する上官達も、ベテランのパイロットは、本土防衛のために温存しておく必要があったのです。

結果、飛行時間が300時間から500時間、なかには、100時間前後で離着陸がやっとという若い操縦士が特攻隊に選ばれました。

飛行時間は通常3年で平均1000時間ほどになります。友次さんは、自分の飛行時間を覚えていませんでしたが、17歳から訓練を受け、毎日、とにかく飛んでいたわけですから、2000時間は越えていたかもしれません。

陸軍戦闘機エースの田形竹尾が書いた『空戦　飛燕対グラマン』（光人社NF文庫）の中の「戦闘機操縦者戦力一覧表」によれば、2000時間で「指揮官・僚機として戦闘で力を発揮した」と分類されています。600時間から1500時間だと「僚機として作戦任務につける」です。『万朶隊』の他の下士官はこれぐらいだったのでしょうか。

そして、300時間では「作戦任務につけない」となっています。

100時間前後は、問題外です。

そもそも、「体当たり」は難しいのです。アメリカの猛烈な弾幕を避けながら、超低空で近づき急上昇して急降下する攻撃も、高高度から急降下する攻撃も、突入の角度を維持しながら、第2章で書いたように、船の軸線にはいり、蛇行しながら逃げていく進路の先を予想しなければなりません。同時に、風向きと風速も急降下の角度に影響を与えます。

角度が浅くなると飛行機の腹が出て敵から狙われやすく、深過ぎると操縦困難になって海に突入したり船を飛び越したりします。

体当たりを成功させるには、ある水準の技量が絶対に必要なのです。

けれど、富永司令官のように空戦の経験がない参謀は、「体当たりは、爆弾を落とすより簡単だろう」という憶測で命令を出し続けたのです。

圧倒的に飛行時間の足らない操縦士を、ボロボロの飛行機で送り出した上官達は、どんなに言い訳をしても、若い人命を消耗品と考えていたとしか思えません。彼らは、どこまで本気で戦果を上げると信じていたのでしょうか。

特攻の有効性

「命令した側」を弁護する論法として「特攻は有効だったから」というものがあります。

有効な戦法を採用するのは「命令した側」として、当り前だというのです。

僕自身は、本当に「体当たり」という作戦が有効だとしても命令すべきではなかったと考えています。

真珠湾攻撃の時、二人乗りの特殊潜航艇の攻撃を、当初、山本五十六司令長官は認めませんでした。生還が望めない攻撃は採用すべきではないとしたのです。出撃を求めて三度目の具申の結果、かなり生還の可能性は低いけれどゼロではないと判断されて、さらに隊員の収容方法の検討をという条件つきでやっと許可されました。

いかに戦時とはいえ、生還の可能性のない攻撃は、リーダーは踏みとどまるべきではないかと考えるのです。

攻撃を受け、生還の望みのない兵士が、自主的判断で敵に体当たりをすることと、組織として「九死一生」ではなく「十死零生」の命令を公式に出すことは、根本的に違うのです。ハリウッド映画でたまに、自らの命をかけて仲間を救うという展開があります。爆弾を抱えて迫り来る惑星に突っ込むとか、怪獣や異星人と刺し違えるという設定です。それは時に感動的ですが、初めから死ぬ作戦を命令されることと、自らの判断で死を選ぶことは根本的に違います。

岩本大尉が熱望した「跳飛爆撃」は、マリアナ沖海戦以降、アメリカ軍が使用し始めた近接信管（VT信管）のためにほとんど不可能になりました。

近接信管とは、電波発信機を備えドップラー効果を利用して、目標物が15メートル以内に来ると爆発するものです。

従来の触発信管つきの爆弾は、目標に当たらないと爆発しません。また、時限信管は、発射されてから二秒後とか三秒後とか時間で爆発するものです。

が、近接信管は、当たらなくても、また爆発までの時間の計算とは関係なく、飛行機が近くを通った瞬間に爆発し、その破片で機体を破壊します。近接信管の使用によって、日本機は甚大なダメージを受けるようになりました。

また、アメリカの艦船に搭載されていた40ミリ機関砲は一秒間に4・7発の砲弾を撃てました。駆逐艦程度で、20挺は装備していましたから、跳飛爆撃のために近づくことは非常に困難になりました。

が、どんなに不可能に近くなっても、可能性はゼロではありません。見事、跳飛爆撃を成功させて、生還する可能性は、どんなに少なくてもあるのです。

だからこそ、岩本大尉は熱望しました。

が、体当たりは、生還する可能性はありません。それが「九死一生」ではなく「十死零生」と言われる所以です。

いかに戦争であっても、生還の見込みがゼロの作戦を、組織として採用すべきではない。どんなに不利な戦いでも、どんなに負け戦でも、指導者として踏みとどまる限界があるのではないか。それが人類の英知であり、例えば、「毒ガス」という攻撃方法を禁じた1925年の「ジュネーブ議定書」の成立や、1972年の「生物兵器禁止条約」、1993年の「化学兵器禁止条約」がそれだったのではないかと僕は考えます。

嘘で塗り固めて

ですが、そんなことを言っている場合ではないのだ、勝つためには必要だったのだと主張する人に対しては、「特攻は有効だったのか」という検証が必要になります。

海軍は特攻機や直掩機の数、戦死者、突入・未帰還機の数など、わりと詳しい資料が残っています。が、陸軍は前述したように、ちゃんとした記録がないのです。

『つらい真実　虚構の特攻隊神話』では、さまざまな資料本の数字を比較しながら、これぐらいではないかという予想を立てています。それでも、数字にはかなりの開きがあります。

戦果に関しては、アメリカ側の資料を元にしていますが（『第二次大戦米国海軍作戦年誌』が最も正確です）、アメリカ海軍の資料なので、協同作戦のイギリス・オーストラリア海軍の被害は載っていません。また、海軍徴用船と陸軍輸送船や歩兵上陸艇などの陸軍関係の被害も入っていません。

著者の小沢郁郎氏は、この資料を元に分かる限りの範囲で付け足し、そして分析しました。

どんな資料でもはっきりしているのは、正規空母、戦艦、巡洋艦の撃沈がないこと。護衛空母は3隻撃沈していますが、護衛空母の脆弱さは、第2章で書きました。

駆逐艦は13隻、沈めています。軽快で攻撃力はあっても船体が薄いのが特徴です。エセックス級正規空母の12分の1の排水トン数。ミズーリ級戦艦の20分の1です。

問題はここからです。

特攻の効果は「撃沈・撃破」でカウントされます。撃沈（船の「放棄」や「処分」も含まれます）は明確ですが、撃破は、大破・中破・小破（または損傷）と分かれます。

「大破」は分かりやすいでしょう。沈まぬまでも大修理をしなければ、戦闘・航海に耐えられないレベルです。「中破」は、もう少し少ない被害です。が、「小破（損傷）」は、アンテナが折れたとか、甲板が少し削れたという場合も含まれます。

「特攻は有効か」に関する今までの統計資料では、この「小破（損傷）」もカウントされてきました。

そして、統計資料には、駆逐艦より小さい艦船として、「その他艦艇」と「上陸用・輸送用」という分類があります。

「その他艦艇」とは、掃海艇、魚雷艇、敷設艇などのことです。「上陸用・輸送用」はまさにそのための船です。

日本人側で特攻の統計を取り、表を作成した人は、ほとんどが「特攻」を作戦として肯定している人達です。程度の差はありますが、特攻が日本人の誇りだと言っている人から、作戦として間違ってなかったと言う人まで、誰も特攻を批判してはいません。

こういう人達は、「その他艦艇」と「上陸用・輸送用」の「小破（損傷）」も、特攻の成果としてカウントします。そうすると、数字は劇的に伸びるのです。

ある統計だと、護衛空母から駆逐艦までの沈没は16隻。撃破（大・中破）は、27隻。小破（損傷）は、72隻。

「その他艦艇」と「上陸用・輸送用」の沈没は、74隻。撃破（大・中破）は、59隻。小破（損傷）は、なんと、約３００隻（『つらい真実　虚構の特攻隊神話』）。

「小破（損傷）」は、「微破」と呼んでいいものもカウントしていると小沢氏は言います。

この統計分析は、特攻隊の体当たりがムダだったと言いたいわけではなく、「命令した側」が現実を把握していたかどうかを問題にするためです。

特攻隊の資料となる本を書いた人達は、ほとんどが元軍人です。その他の小さな船が軽微なダメージを負ったということを分かって、３００という数字を足しているかどうか、なのです。

著者の小沢さんは、小さな船のペンキを塗り替えればすむような微破までを考慮にいれるべきではないと言います。そうすると、特攻の本質が見えなくなってしまうと。

小沢氏はまず、撃沈隻数を問題にするのではなく、撃沈トン数を概算するべきだと主張するのです。

「上陸用・輸送用」を除いた撃沈全艦船のトン数を合計すると、特攻隊が沈めたのは、特攻本命の正規空母（38000排水トン）一隻分にしか匹敵しないと、小沢氏は書名である「つらい真実」を明かすのです。隻数をそのまま戦果の指数とすることは、あまりにも乱暴であろう、と小沢氏は言います。

海軍参謀が書いた本では「米海軍の喪失艦船は120隻。『神風』は内45隻を沈めたのだから、喪失艦船の三分の一強を沈めたのである。これでも『神風』は大きな戦果をあげ得なかったのであろうか」と主張しました。

ですが、小沢氏は、海軍関係者なら常識の計算方法である排水トン数ではなく、大きさを無視して、ただ沈めた隻数を語るのはなぜかと、奇異な印象を持つのです。

小沢氏がトン数計算にし直すと、沈めた割合は10％以下でしかありませんでした。

本当の命中率

命中率もまた、準拠する資料と考え方によって変わります。

今まで一般的に言われていた命中率は、「命中」と「至近突入」の二つの合算で出しています。

「命中」は分かりやすいです。文字通り、まさに戦艦に命中したのです。「至近突入」とは、ありていに言えば、「確実に命中したことが分からないもの」ということです。

「小破（損傷）」や「微破」が起こりやすいのは、「至近突入」です。

特攻という作戦を肯定する人達は、「至近突入」を合算することを当然としました。

小沢氏は、各資料を当たり、分析した結果、フィリピン戦の命中率は11％。沖縄・本土では5％。これに「至近突入」を加えると、フィリピンでは15・7％から18・9％。沖縄・本土では8・6％から9・9％になります。

ちなみに、従来の統計で一般的に言われているのは、フィリピン・台湾・硫黄島をあわせて、27・1％です（硫黄島の命中率が高いのです。小沢氏の計算でも、硫黄島は至近突入を含めて37・9％になります）。沖縄は16・5％。まったく違う数字です。

それは、前述したように、「その他」の船の小破（損傷）も含めているからです。

小沢氏は、「微破」は戦果とは呼べないと考えるのです。

特攻が効果的だったと主張する人達は、「海軍特攻機の命中率は18％強。陸軍特攻機を加算しても15％強」として、実戦上において、砲・雷命中率は統計上3％内外と言われるので、「特攻戦果は殆んどその十倍に当る」（故大西瀧治郎海軍中将伝刊行会『大西瀧治郎』）とします。

小沢氏は、これに異を唱えます。

真珠湾攻撃での米国の記録では、日本軍機の雷撃命中率55・3％以上、水平爆撃24・4％以上、急降下爆撃49・2％以上。ただ真珠湾は、静止目標への不意打ちでしたから、マレー沖海戦では、雷撃40・8％、水平爆撃7・7％となっています。サンゴ海海戦では、空母レキシントンに対して、急降下爆撃53％、空母ヨークタウンに対して64％でした。

結論として、小沢氏は、「体当たり攻撃」の「軍事的効率」を高くは評価できないとします。

ひとつは、犠牲の損耗が絶対（つまりは減るしかない）であること。「小物」の「微破」まで含んだ結果を戦果としていること。撃沈に巡洋艦以上が一隻もないことは、体当たり攻撃の破壊力の低さを示していること。命中率がもし高くても、破壊力は意外なほど低いこと（第2章で、飛行機の持つ揚力や機体の弱さを書きました）が理由です。

そもそも、僕は「命令した側」が、「命中率」で特攻を語ることが理解できません。

佐々木友次さんは9回出撃して、2回爆弾を落としました。1回は至近爆発、もうひとつは命中でした。何回も出撃するから、この結果を得られたのです。

特攻はただの一回だけです。ただの一回の命中率と、体当たりしなくて何回も出撃した場合の、急降下爆撃の命中率を比べることは不可能です。たとえ、急降下爆撃の命中率が低くても、複数回出撃し、複数回爆撃した時の命中率が、たった一回の体当たりの命中率より低いと、誰が断言できるでしょう。

それは、まさに、戦術の放棄であり、統率の外道となります。

現実を見る能力

そして、僕が「命令した側」に対して理解できないのは、フィリピン戦から沖縄戦にかけて、「特攻の効果」が著しく逓減《ていげん》したことを知りながら、特攻を続けさせたことです。

アメリカは第2章で書いたように、すぐに特攻隊対策を打ち出しました。艦上戦闘機を増やしたのもそうですが、空母から60カイリ（110キロ）のレーダー駆逐艦を広範囲に配置し、レーダーピケットと呼ばれる鉄壁の防衛態勢を作り上げました。

どこから飛んできても、特攻機の高度や水平方向、距離を測定し、その情報を総合して分析する情報中枢を設けたのです。

これにより、飛来する30分前には情報を確定することが可能になり、特攻機の上空で待ち構えることができるようになりました。特攻機は、突然、上空から襲ってくるアメリカ機に次々と打ち落とされたのです。

ただ、正確な機数を把握するほどは、レーダーはまだ進化していなくて、アメリカ軍機が迎撃しきれず、レーダーピケットの最前線である駆逐艦まで飛来する特攻機もいました。駆逐艦の撃沈が多いのは、この理由です。

これによって、フィリピン戦よりもさらにレーダーをくぐり抜けて、アメリカ艦船に近づくということが非常に困難になりました。そして、近接信管の登場が決定打になりました。状況は劇的に変わったのです。なのに、「命令した側」は、同じ命令を出し続けたのです。それも劣化した飛行機で、経験の浅い操縦士達に。

明らかに下がった命中率は無視して、軍司令部は、フィリピン戦での命中率を「揺るぎない事実」として作戦を立案しました。もはや、冷静に現実を見る能力をなくしていたと言っても過言ではない状態だったのです。

特攻を続けた本当の理由

それでは、命中率は落ち、ボロボロの飛行機しかなく、経験不足の搭乗員を指名しながら、どうして「特攻」は続いたのでしょうか。

『修羅の翼　零戦特攻隊員の真情』（角田《つのだ》和男　光人社ＮＦ文庫）という零戦のベテランパイロットが書いた自伝戦史に驚きの描写があります。

角田氏は、特攻に対して従いはするけれど批判的でした。１９４４年11月下旬、レイテ島での戦いが激しさを増している頃、特攻隊に指名された角田氏は、小田原俊彦大佐から

大西瀧治郎中将

「特攻の趣旨は良く聞かされているだろうな」と質問されて「聞きましたが、良く分かりませんでした」と答えます。

　小田原参謀長は、特攻を始めたと言われた、大西瀧治郎中将について話し始めます。

　大西長官は、フィリピンに来る前は軍需省にいたこと。日本の戦力については誰よりも知っていること。「もう戦争は続けるべきではない」と言っていること。

　一刻も早く講和しなければならない。レイテで敵を追い落とせば、七分三分の講和ができるだろう。敵に七分、味方に三分。日本はそこまで追い詰められている。このことは、東京を出発する時に、海軍大臣と高松宮様の内諾を得ている。特攻をおこない、フィリピンを最後の戦場にしなければならない。

　小田原参謀長は、これは、大西長官から私だけが聞いたことだが、と話を続けます。

　特攻を出すには、参謀長の協力が必要だ。だから、参謀長にだけは自分の真意を話すと大西長官は言いました。他言は絶対に無用だと釘を刺して。

ですが、参謀長は、自分の教え子達が長官の真意を知らずに死んでいくことに耐えられないと角田氏に言うのです（小田原参謀長はかって飛行学校で角田氏の教官でした）。

大西長官は、特攻によるレイテ防衛について、「これは九分九厘成功の見込みはない、これが成功すると思うほど大西は馬鹿ではない」と言います。では、なぜ見込みがないのに強行するのかというと、信じてよいことが二つあるというのです。

「一つは万世一系仁慈をもって国を統治され給う天皇陛下は、このこと（特攻によるレイテ防衛）を聞かれたならば、必ず戦争を止めろ、と仰せられるであろうこと。

二つはその結果が仮に、いかなる形の講和になろうとも、日本民族が将《まさ》に亡びんとする時に当たって、身をもってこれを防いだ若者たちがいた、という事実と、これをお聞きになって陛下御自らの御仁心によって戦さを止めさせられたという歴史の残る限り、五百年後、千年後の世に、必ずや日本民族は再興するであろう、ということである。

陛下が御自らのご意志によって戦争を止めろと仰せられたならば、いかなる陸軍でも、青年将校でも、随わざるを得まい。日本民族を救う道がほかにあるであろうか」

この言葉に、角田氏は深い感銘を受け、特攻作戦への疑問は消え、他に道はないと思えるようになりました。ただ、果たして大西長官の思いが、陛下まで届くだろうかという懸念はありましたが。

その後の戦争の推移は、大西長官の言う通りになりました。「ただ一つ、陛下はなかなか戦争を止めろとは仰せられなかったことを除けば……」と角田氏は書きました。

この話は、結局、小田原参謀長は戦死し、大西中将は自刃したことで、角田氏のみが語りつぐことになります。戦後、角田氏は、大西中将の真意がまったく知られていないことが納得できず、あの夜の話は幻だったのかと、その場にいて同じ話を聞いた上官の奥様に確認の手紙を出しました。上官は体が弱っていると聞いたからです。が、上官の奥様は、夫は黙して語らずだと、求める答えは帰ってきませんでした。

角田氏が特攻で死んでいたら、永遠に知られなかった話です。大西中将の真意は本当のことなのか。だから、特攻を続けたのか。真相はもはや誰にも分かりません。

天皇と特攻

天皇は初めての特攻隊、関大尉が指揮する『敷島隊』の報告を及川古志郎軍令部総長から受けた時、顔を曇らせ、声を押し殺すように「そのようにまでせねばならなかったか。しかしよくやった」と語ったと言われています。別の証言では、この二文の間に「まことに遺憾《いかん》である」という、特攻に反対する言葉が入っていたとも言われています。

後日、米内光政《よないみつまさ》海軍大臣が上奏した時は「かくまでせねばならぬとは、まことに遺憾である」と強い口調で言い、続けて「神風特別攻撃隊はよくやった。隊員諸子には、哀惜の情にたえぬ」と語ったとされています。

戦後の研究では、昭和天皇は軍部の暴走に対して、何度かはっきり止めようとしています。大日本帝国憲法では、軍部にブレーキをかけられるのは法的には天皇のみでしたが、それは、暴走する軍部と直接対立するということを意味しました。孤立した天皇の戦いを守る制度はなかったのです。

昭和史に関する数多くの著作を持つ保阪正康氏が2014年日本記者クラブでこう語りました。

「昭和天皇は好戦主義者ではなかったが、平和主義者だったということもできない。昭和天皇が何より大切にしていたのは、『皇統の継続』で、それがあらゆる判断に優先した」（『戦争をしない国　明仁天皇メッセージ』文・矢部宏治＋写真・須田慎太郎　小学館）

昭和天皇は、自らの責任として、皇統（天皇制）をつなげていくことを最重要課題にしていたというのです。当時の軍部の原理主義的な部分は、コントロールできないだけではなく、天皇といえども具体的に危険を感じるレベルだったと残された資料から推測できます。

ちなみに、角田氏の本には、『神風特別攻撃隊』を書いた中島のエピソードがたくさんあります。

そのひとつ。

角田氏が初めて見る大尉が、中島に難しい顔で懇願していました。

「飛行長、いくら何でも桟橋にぶつかるのは残念です。空船でも良いですから、せめて輸送船に目標を変更して下さい」

この大尉は、中島からタクロバンの桟橋に体当たりしろと命令されていたのです。

間髪を入れず中島飛行長の怒声が飛びました。

「文句を言うんじゃない。特攻の目的は戦果にあるんじゃない。死ぬことにあるんだ」

睨み付けられた大尉は、しおしおと帰って行きました。

この命令は、大西長官の真意とはなんの関係もないと思います。もし、そうなら、天皇に上奏しないと意味がないからです。ですが、桟橋に体当たりしたという「戦果」は、天皇に報告する意味も価値もないと間違いなく判断されます。

こんな話は『神風特別攻撃隊』には決して出てきません。

国民の熱狂

それでは、大西長官以外の司令官は、どうして「特攻」を続けたのでしょうか。

朝日新聞
神鷲の忠烈 萬世に燦たり
神風特別攻撃隊 敷島隊員
敵艦隊を捕捉し 必死必中の體當り
（スルアン島海域）
殊勲を全軍に布告
機・人諸共敵艦に炸裂
誘導の護衛機、戦果確認
関行男大尉

朝日新聞1944年10月29日付一面より

1944年（昭和19年）10月29日の新聞の一面を見れば、それが分かるような気がします。

一面のトップに、太ゴチックで「神鷲の忠烈　萬世に燦たり」と大きな文字が躍っています。「必死必中の體當り」という文字も大きく書かれています。

10月29日の『敷島隊』以降、新聞の一面に特攻隊の記事が躍り出ます。

朝日新聞を例に取れば、これ以降、なんらかの形で特攻隊が一面で記事になったのは、1944年（昭和19年）の残り二ヵ月と少しで42回。1945年（昭和20年）の終戦までで86回。計128回。

このうち、はっきりと特攻隊の記事をセンセーショナルに打ち出したのは、厳密に言えば、1944年では、31回、1945年では、55回でした。

佐々木友次さんについての「勇壮な作文」は第2章で紹介しました。

さらに新聞の二面では、より物語的な記事が多く書かれました。未来ある若者が、祖国のために、自ら志願して、微笑みながら体当たりをしていった。どんな人物だったのか。最後の姿はどんな風だったのか。同僚はどう思ったのか。両親は、妻は、恋人は何を思い、特攻隊員は残された人達に何を託したのか。見送る整備員が、「喜びのあまり」号泣した風景、など。

　玉砕と転進が続く記事の中で、特攻隊に関する文章は、どんな「戦果」よりも勇壮で、情動的で、感動的でした。

　そして、だからこそ、第一回の特攻は絶対に成功させるためにベテランパイロットが選ばれたのです。

　国民は感動し、震え、泣き、深く頭《こうべ》を垂れました。そして、結果として、戦争継続への意志を強くしたのです。

朝日新聞1945年5月3日付二面より

　こんなに若い兵隊さんが、自ら志願して、祖国のために率先して身を捧げている。それを知れば知るほど、米英への憎しみや戦い続ける決意、窮乏に耐える根性、不屈の闘志を強くしていくだろう。そのためには、「戦果」より「死ぬこと」の方が大切だと司令官が考えても当然だと思うのです。

終戦直後に部下をつれて特攻に出撃した宇垣纏《うがきまとめ》という海軍中将がいました。

ある日、特攻隊を見送る訓示を終えた宇垣長官に対して「本日の攻撃において、爆弾を百％命中させる自信があります。命中させた場合、生還してもよろしゅうございますか」と聞いた準士官がいました。

宇垣長官は、即座に大声で、

「まかりならぬ」

と答えたのです（『空母零戦隊』岩井勉　今日の話題社）。

この迷いのなさは、やはり「戦果」より「死ぬこと」が目的であると考えられます。それも、日本国民だけではなく、日本軍の隊員達への「効果」を考えていると思われるのです。

売れるから書く

と言って、司令部の意図をくんで煽ったマスコミを責めるだけでは何の問題も解決しません。

はっきりしているのは、国民はそういう勇壮で感動的な記事が読みたかったということです。

『そして、メディアは日本を戦争に導いた』（半藤一利・保阪正康　東洋経済新報社）によれば、日露戦争の開戦前、「断固帝政ロシアを撃つべし」という新聞と「戦争を避けて、外交交渉を続けるべきだ」という新聞に分かれていたそうです。

そして「戦争反対の新聞は部数がどんどん落ちる」「その一方で、賛成派の新聞は伸び始め」たのです。

結果「戦争前の明治36年と戦争が終わって2年目の明治40年で比較すると、『大阪朝日新聞』は11万部から30万部、『東京朝日新聞』は7万3千部から20万部、『大阪毎日新聞』は9万2千部から27万部、『報知新聞』は8万3千部から30万部」に伸びたのです。

冗談だろうと笑い話になりそうなぐらいの伸びだと半藤さんは言います。

「この数字が示しているのは、戦争がいかに新聞の部数を伸ばすかということです。要するに、戦争がいかに儲かるかなんです」

一方、最後まで日露戦争に反対していた『平民新聞』は発禁が続いて、最後には廃刊になりました。

日露戦争以降、新聞社は戦争が商売になることを知って、軍部に協力していきます。それが、佐々木友次さんの特攻を書いた勇壮な作文になるのです。

満州事変の時、ほとんどの新聞が「援軍」「擁軍」になった時、『大阪朝日新聞』だけは、「この戦争はおかしいのではないのか。謀略的な匂い、侵略的な匂いがする」と書きました。ですが、在郷軍人会を中心とする不買運動にやられて部数が急落（奈良県では一部も売れなくなりました）、最終的には負けて編集方針を変えました。

不買運動に反対し、満州事変に反対する『大阪朝日新聞』を買い支える大衆は存在しなかったのです。

特攻が続いたのは、硬直した軍部の指導体制や過剰な精神主義、無責任な軍部・政治家達の存在が原因と思われますが、主要な理由のひとつは、「戦争継続のため」に有効だったからだと、僕は思っています。戦術としては、アメリカに対して有効ではなくなっていても、日本国民と日本軍人に対しては有効だったから、続けられたということです。

精神主義の末路

過剰な精神主義が、特攻を続けさせたという理由は、例えばこういうことです。

東條英機首相は、帝国議会での施政方針演説で、「申す迄もなく、戦争は、畢竟《ひっきょう》、意志と意志との戦いであります。最後の勝利は、あくまでも、最後の勝利を固く信じて、闘志を持続したものに帰するのであります」と話しました。この演説に、議会人は拍手を送りました。

「勝つと思った方が勝つんだ」というのは、子供の発言なら分かります。しかし、一国の首相の発言ではありません。一国の首相のすることは、日本とアメリカの国力、生産力、軍事力を冷静に分析し、これ以上戦ったらどうなるかを客観的に判断することです。

東條英機
（国立国会図書館提供）

「勝つと思ったら勝つのだ。気力がすべてだ」と叫ぶことではありません。東條首相は、「負けたと思った時が負けなのだ。負けだと思わなければ負けない」という意味の発言もよくしました。「負けた」と絶対に思わないまま、勝たないとしたら、待っているのは「死」だけです。負けないと思うなら、何十万という将兵が殺されても、負けていないことになるのです。

東條首相は、「勝利」「最後の勝利」と言い続けましたが、具体的には内容を一度も語っていません。

東條首相は開戦の時に、陸海軍の事務局政治将校に、終戦の方針を書くように命じました。将校達は、たたき台だと思って「対米英蘭蔣戦争終末促進ニ関スル腹案」という方針を書きました。が、「大本営政府連絡会議」ではなんの深い議論もされず、あっさりと政府の方針になったことに、書いた将校達は驚き、戸惑いました。

それは、極東においては、アメリカ・イギリス・オランダの根拠地を破壊して、自存自衛を確立し、蔣介石《しょうかいせき》政権を屈伏させ、ドイツ・イタリアと連携してイギリスを屈伏させ、アメリカの継戦意志を無くすというものでした（『東條英機と天皇の時代』保阪正康　ちくま文庫）。ドイツを過剰に信頼し、イギリスの軍事力を過小評価し、アメリカの国民の抗戦意欲を軽視した、非常に観念的なものでした。

東條首相は、願望と期待にみちた、じつにあいまいな形でしか「勝利」を予測していなかったのです。

こんなエピソードもあります。東條首相が飛行学校を訪れ、学生にどうやって敵機を撃ち落とすかと質問し、学生達は「高射砲でこう撃てば……」と具体的に答えたら、東條は、

「違う。精神で撃ち落とすんだ」

と答えたのです（『太平洋戦争、七つの謎——官僚と軍隊と日本人』保阪正康　角川ｏｎｅテーマ21）。

東條英機は首相であり、同時に陸軍大臣でした。

首相として、まして陸軍大臣としては、これは言うべき言葉ではありません。敵機は「精神」では撃ち落とせないのです。

けれど、「精神」で撃ち落とすと最高責任者が言ってしまったら、撃ち落とせない時、その理由は、高射砲の性能の限界でも、アメリカ機の高性能でもなく、「精神」になってしまいます。高射砲が届かない高高度をB29が飛び、どうしても撃ち落とせない時、おまえの「精神」が弛《たる》んでいるからだと責める理由を与えてしまうのです。B29に届く高性能な高射砲ではなく、「精神」が求められたのです。

ここから、「命令した側」が特攻までたどり着くのは、じつは早いと思います。「精神」さえあれば、レーダー網を突破し、何百機というアメリカ機をかいくぐり、正規空母を撃沈できるのだ、という論法が出てくるのです。

リーダーとしての器

「特攻は自分の責任でない、現場で自然発生的に生まれたのだ、海軍では、それは大西瀧治郎中将の発案なのだ」と戦後、自己弁護を続けた司令官達が多くいました。けれど、大西長官が神風特別攻撃隊の編成を命令する以前から、組織として特攻兵器の生産に、海軍中枢が関わり、決定を出していることがやがて分かってきました。

陸軍は言わずもがなです。岩本大尉も佐々木友次さんも知らないところで、「死のツノ」が出た飛行機が作られていたのですから。

海軍は、桜花《おうか》（一人乗り滑空型体当たり機）も、回天も、大西長官が特攻の決定を下す数ヵ月前からプロジェクトをスタートさせていました。

その時、「精神力」さえあればなんとかなるという、東條首相が唱える考え方が強力に支えたはずです。

桜花（戦後、日比谷公園での展示。毎日新聞社提供）

おそらく、「精神で撃ち落とす」と東條首相が答えた時、周りにいた多くの生徒も飛行学校関係者もハッとして感動したはずです。そうだ、気持ちだ、気概だ、気迫だ、それが一番大切なことなのだと。

けれど、「精神」を語るのは、リーダーとして一番安易な道です。

職場の上司も、学校の先生も、スポーツのコーチも、演劇の演出家も、ダメな人ほど、「心構え」しか語りません。心構え、気迫、やる気は、もちろん大切ですが、それしか語れないということは、リーダーとして中身がないのです。

本当に優れたリーダーは、リアリズムを語ります。現状分析、今必要な技術、敵の状態、対応策など、です。今なにをすべきか、何が必要かを、具体的に語れるのです。

僕は演劇の演出家を35年ほどやっています。基本は劇団の演出家ですから、30年以上、ずっと集団を率いて、集団の長でした。特攻をつい「命令した側」から見てしまうのは、僕が22歳で劇団を旗揚げして以来、ずっと「命令した側」にいたからです。

戦時中の一国の首相と現代の演出家を並べて語るのは、正気の沙汰とは思えない、なんという傲慢だと言われればそれまでですが、組織の長としてある事案に向きあい、賛成する人も反対する人もいて、けれど、とにかく結論を導き、ある決定を出さなければいけない、という意味では構造は同じだと考えるのです。会社の上司も教育現場の管理職もスポーツチームの監督も同じ苦悩を持っていると思います。

「命令した側」の経験のある人なら分かるでしょう。「精神」だけを語るのはとても簡単なのです。けれど、自分達を分析し、相手を分析し、必要なことを見つけだすことがリーダーの仕事なのです。それができなければ、リーダーではないのです。

リアリズムを語らず、精神を語ることが日本人は好きなのでしょうか。現実を見ず、観念に生きる民族なのでしょうか。

特攻を拒否した美濃部少佐

１９４５年（昭和20年）２月下旬、木更津の海軍航空基地で、連合艦隊司令部により作戦会議が行われました。

そこで、赤トンボと呼ばれた「九三式中間練習機」を特攻に投入することが発表されました。「全軍特攻化」ですから、練習機といえども特攻すると決めたのです。赤トンボは、翼はもちろん羽布張りの複葉機で、最大速度が２００キロほどです。迎え撃つグラマンはおよそ６００キロ。

零戦による爆装特攻でさえ、成功が難しくなっているのに、動きが遅く、防御装置もほとんどない練習機の特攻は、どう考えても、いえ、航空のプロであればあるほど、無意味であるとしか思えませんでした。が、集められた航空部指揮官達は、参謀長の言葉をただ黙って聞くだけでした。

すると、末席にいた29歳の美濃部《みのべ》正《ただし》少佐が立ち上がりました。階級として、この会議では一番下位の飛行隊長でした。

「劣速の練習機まで狩り出しても、十重《とえ》二十重《はたえ》のグラマンの防御陣を突破することは不可能です。特攻のかけ声ばかりでは勝てるとは思えません」

制空用戦闘機と少数の偵察機を除いて、全軍特攻化の説明をした参謀は、意外な反論に色をなして怒鳴りつけました。

「必死尽忠の士が空をおおって進撃するとき、何者がこれをさえぎるか!」

本によっては、参謀は「断じて行えば鬼神も之を避く!」と怒鳴りつけたという表現もあります。東條首相が大好きな精神力をあらわす言葉で、多くの司令官が使いました。問題は「精神」であって、技術や装備のリアリズムではない、ということです。

それに対して、美濃部正少佐はなんと答えたか。

「私は箱根の上空で(零戦)一機で待っています。ここにおられる方のうち、50人が赤トンボに乗って来て下さい。私が一人で全部たたき落として見せましょう」

同席した生出《おいで》寿《ひさし》少尉が「誰も何も言わなかった。美濃部の言う通りだったから」と報告しています(『特攻長官大西瀧治郎』生出寿　徳間文庫)。

美濃部正少佐は、芙蓉部隊という夜間攻撃専門の部隊の隊長でした。厳しい訓練で知られ、「これができなければ、特攻に出すぞ」と部下を叱咤しました。

大西中将の部下でしたが、徹底して特攻を拒否、部下を誰も特攻に出しませんでした。その代わり、夜間襲撃の激しい訓練を積み、芙蓉部隊は確実な戦果を挙げました。

『彗星夜襲隊　特攻拒否の異色集団』(渡辺洋二　光人社NF文庫)は、美濃部少佐の詳しい物語です。

赤トンボを特攻に出そうと言う参謀に、こう言ったと紹介されています。

「いまの若い搭乗員のなかに、死を恐れる者は誰もおりません。ただ、一命を賭して国に殉ずるためには、それだけの目的と意義がいります。しかも、死にがいのある戦功をたてたいのは当然です。精神力一点ばかりの空《から》念仏では、心から勇んで発つことはできません。同じ死ぬなら、確算のある手段を講じていただきたい」

こう言うと参謀は「それなら、君に具体的な策があるというのか⁉」と興奮しました。

美濃部少佐は啞然《あぜん》とします。参謀とは、作戦・用兵を立案するのが仕事です。いわば、作戦専門家の参謀が特攻攻撃しか思いつかず、一飛行長に代案を問うのです。その愚かさに気づいていないのです。

美濃部少佐はさらに言いました。

「ここに居あわす方々は指揮官、幕僚《ばくりょう》であって、みずから突入する人がいません。必死尽忠と言葉は勇ましいことをおっしゃるが、敵の弾幕をどれだけくぐったというのです？　失礼ながら私は、回数だけでも皆さんの誰よりも多く突入してきました。今の戦局に、あなた方指揮官みずからが死を賭しておいでなのか⁉」

誰も何も言いません。

美濃部少佐は、話を続けます。燃料不足で練習ができず、搭乗員の練度が不足している、だから特攻しかないとおっしゃるが、私の部隊では飛行時間200時間の零戦搭乗員も、みな夜間洋上進撃が可能だと。

通常、600時間から700時間でようやく夜間洋上飛行は可能でした。200時間は驚異的な数字なのです。それでも、指揮官達は動じない振りをして悠然とタバコをくゆらすだけでした。ここで、それなら赤トンボで出撃して下さい。私が零戦一機で撃ち落としてみせます、という発言が出るのです。

けれど、このあとも練習機を含む「全機特攻化」は続いたのです。

それでも、美濃部少佐の存在と勇気ある発言は、海軍におけるひとつの希望だったと僕は思っています。あの時代に、「精神力」だけを主張する軍人しかいなかったわけではない、心の中で反論するだけではなく、ちゃんと声を挙げた軍人がいたんだと知るだけで、僕は日本人の可能性を感じるのです。

美濃部少佐は、死の1年前に著した私的回想録、『大正っ子の太平洋戦記』(2017年復刻版が出ました)にこう書きました。

「戦後よく特攻戦法を批判する人があります。それは戦いの勝ち負けを度外視した、戦後の迎合的統率理念にすぎません。当時の軍籍に身を置いた者には、負けてよい戦法は論外と言わねばなりません。私は不可能を可能とすべき代案なきかぎり、特攻またやむをえず、と今でも考えています。戦いのきびしさは、ヒューマニズムで批判できるほど生易しいものではありません」

美濃部氏にとって、「不可能を可能とすべき代案」とは、夜間襲撃の芙蓉部隊だったということです。

この本を書く4年前、77歳の美濃部氏に直接会った保阪正康氏は、次の言葉を記憶しています。

「ああいう愚かな作戦をなぜ考えだしたか、私は今もそれを考えている。特攻作戦をエモーショナルに語ってはいけない。人間統帥、命令権威、人間集団の組織のこと、理性的につめて考えなければならない。あの愚かな作戦と、しかしあの作戦によって死んだパイロットとはまったく次元が違うことも理解しなければならない」

「私は、若い搭乗員達に特攻作戦の命令を下すことはできなかった。それを下した瞬間に、私は何の権利もなしに彼らの人生を終わらせてしまうからだ。そんなことは私にはできないし、してはいけないとの覚悟はあった」(『「特攻」と日本人』)

美濃部氏があまり日本で知られていないのは、メディアに登場することを嫌ったからですが、それだけではないと保阪氏は書きます。

「特攻作戦という不条理のなかにあって、条理を守ろうとしたからである。条理の戦後社会からみれば、不条理下の条理はうとんじるべき存在でしかない」からだというのです。

この言い方は、実は僕はよく分かりません。「命令した側」が、その条理を嫌い、美濃部氏を話題にしたくなかったというのなら、よく分かります。特攻を賛美することで「命令した側」の正当性を主張する側からすれば、美濃部氏の言葉は急所に刺さった冷徹な論理の釘となるからです。

けれど、今となっては、佐々木友次さんと同じく、もっともっと知られていい名前だと思います。

非常事態はしょうがない？

あの当時は非常事態だった、異常の状況だったから、異常の措置を取ったのだ、という言い方で特攻を弁護する人は多いです。

「特攻が狂信的というのなら、戦争そのものが狂信的なのである」という論法です。

それに対して、『つらい真実』の著者、小沢氏は厳しい批判を与えています。

「(1) 戦争が異常な状態であることは確かであるが、軍人とはその異常な状況に備えて養成され、一般人を見下すだけの社会的優遇を受けていたのではないか。戦争のプロなのではないのか、勝ち戦さしかプロは考えなかったのか。
(2) 戦況が異常な不利であったこともたしかである。が、そのような状況で、平静に、ムダな被害を減少する方策を把握するのがプロの軍人——とくに将たる者の存在意義ではないのか、参謀達の役割ではないのか。火事が燃えさかるとき、一般人同様に慌てふためく消防士にプロの資格はない。
(3) ましてや、見通しもなく、一般人に(予備学生と読んでほしい)消火作業を命じ、最も危険な個所に行けというならば、どうであろうか。
(4) 最初の見通しの誤りは仕方ないとも言える。が、効果がなくなっているのに、強行させたことは許せない。それは「異常な」愚かしさである。
(5) 愚行を反省もせず、もちろん謝罪もせず、正当だった、仕方なかった、と戦後まで言いはることは、死者への鎮魂になるであろうか。「異常」への責任回避や責任転嫁は、それをする人(たち)の名誉を守りはしないであろう。
勝ち戦さの功績は自分(たち)のものとし、悲劇の責任は「異常」と言ってすむなら、軍人くらい気楽な職業は世の中にあるまい」

徹底的な、完膚無きまでの批判です。僕はこの論理に説得力を感じます。

小沢氏は、『つらい真実』の冒頭、「特攻機突入のテレビ画面には、『当れ! 当れ! 当ってくれ』と祈っている。まなじりを決して突入する若者今生最後のねがいが、30年余の歳月を一瞬にとびこえて、同世代の私によみがえるのである」と書きます。

「命令を受けた側」を思うからこそ、「命令した側」への徹底的な批判となるのです。

日本人の性質と特攻

『戦争をしない国　明仁天皇メッセージ』という本の中に、1945年8月2日、奥日光に疎開していた明仁皇太子が、戦況の見通しを説明にきた陸軍中将に対して、「なぜ、日本は特攻隊戦法をとらなければならないの」と質問したというエピソードが紹介されています。

元は『天皇明仁の昭和史』（高杉善治　ワック）で、孫引きですが紹介します。

「殿下、何かご質問はありませんか」という有末精三中将の言葉に応えて、「なぜ」と聞いたのです。

この時、有末中将はかなり困った顔をしたものの、すぐに気を取り直し、平然と次のように答えたと言います。

「特攻戦法というのは、日本人の性質によくかなっているものであり、また、物量を誇る敵に対しては、もっとも効果的な攻撃方法なのです」

後半の論理は分かります。破綻していますが、当初は「命令した側」はそう考えていました。

問題は、前半です。

「特攻戦法というのは、日本人の性質によくかなっている」

一体、「特攻」がよくあう性質の国民とは、どんな人々なのでしょうか。

僕は拙著『「空気」と「世間」』（講談社現代新書）の中で、現代の日本人は「中途半端に壊れた世間」に生きていると書きました。

「世間」とは「現在、および将来においてなんらかの利害・人間関係がある、または生まれる可能性のある人達」のことです。職場やクラス、サークル、交流のある隣近所、公園でいつも出会うママ友などが、それに当ります。

現在も将来も関係のない場合は、「社会」です。道ですれ違った人や、居酒屋で隣のテーブルで飲んでいる人や、お店の知らない店員などのことです。

詳しくは拙著に書きましたが、「世間」の代表的なものは、明治時代までの村落共同体でした。人々は村の中で生活し、村の掟に従って生きていました。村の掟に背こうとすると「世間に顔向けができない」とか「世間さまが許さない」という強力な圧力が働きました。

もともと、村という「世間」が一番、重要視したのは、「水利」でした。稲作や野菜作りのために、水を村全体でどう分けるか。雨の多い年は穏やかにすんでも、日照りの年は「水利」が村人の死活問題になります。その時、誰か一人が、村の掟を無視して自分の田んぼにだけ水を優先的に引いたら、村全体の破滅になるのです。また隣村が水を独占しようとする時は、一丸となって戦わなければいけないのです。

古来、アジアの稲作文化では、水を求めて個人が争うのではなく、集団を形成し、集団の合意で生活を守っていました。田植えの時期や取り入れの時期、主要な働き手が体を壊して動けない家があると、村全体でカバーしました。

「世間」というシステムがちゃんと機能していたのです。それは、裏切らない限り信者を支える一神教の強さと同じでした。

人々は、「世間」の中でしか生きていませんでしたから、周りの村人は「他人」ではなく「仲間」でした。どんなにひどいことを言われても、それは、「巡り巡ればあなたのことを思っている」アドバイスだと考えられました。

「社会」では、こうはいきません。「社会」における相手への厳しい忠告は、ただ自分のメリットのためです。ただ一度、出会っただけの人や二度と交流する予定のない人に対しての言葉は、相手のことを考えているわけではありません。

それによって、「社会」がどうなるかということを考える必要もないのです。「世間」は違います。「村全体が健全に機能」して初めて「一人一人が幸福になる」という前提でしたから、相手に対する厳しい忠告も、「村全体」のことを考えることが必要になります。結果的に、どんなに厳しくても、それは「あなたのため」でもあったのです。

「社会」は、いわば、近代合理主義・資本主義のためには必要な考え方でした。

取り引きする相手がすべて「お得意さん」と「お馴染みさん」で、お互いが大儲けもせず、大損もせず、持ちつ持たれつの関係を続けるのが「世間」です。

けれど、たった一回の取り引きで結果を出し、相手とは二度と交渉しないかもしれない、というのは「社会」の考え方です。

明治時代、「世間」しかなかった日本に、明治政府はなんとか「社会」を定着させようとしました。「村の決定」を一番にしている間は、徴兵制度や裁判制度や教育制度という近代合理主義の国家機能が成立しないからです。

知らない相手と協同活動を成立させるためには、「社会」という「自分と関係のない人」を交渉相手にすることを当り前にしなければなりませんでした。

ですが、「社会」を定着させようとする上からの改革は、国民の本質の部分を簡単に変えることはできませんでした。

「世間」には、いくつかの特徴があります。例えば、村落共同体がずっと続いたように、「共通の時間を生きている」ということです。「いつもお世話になっています」という、英語に翻訳不可能なビジネスの挨拶は、「あなたと私は共通の時間を生きています」という表明です。

明治政府は産業構造を変え、人々を村という「世間」から殖産興業のかけ声と共に企業という「社会」に移そうとしました。けれど、日本企業の中では、「終身雇用制」というシステムによって、「共通の時間意識」という「世間」のルールが生き続けたのです。

「長幼の序」というのも「世間」の重要なルールです。年齢がひとつ違うことで相手を立てる、相手に従うというのは、村や武家社会、商家を運営する大切なルールでした。それが日本企業では「年功序列制度」として生き続けました。

いくつかの「世間」の特徴をまとめると、「世間」は「所与」のものだと日本国民は考えていると分かります。つまり、「初めから与えられたもの」という認識です。

いろんな社会的なシステムに対して、日本人は、自分の判断とは関係なく、初めからそこにあるものと考えるのです。初めからそこにあるので、自分がどうこうできるものではない、と当然のように考えるのです。

思考の放棄と「集団我」

日本を代表する社会心理学者の南博氏の『日本的自我』（岩波新書）には、こんな文章があります。

「日本人は集団への所属意識が強いという意味で、集団依存主義に傾くのだが、またそれと平行して運命への従属と依存を感じる運命依存主義の傾向ももちあわせている。ここに運命共同体意識が生まれる」

「日本人の自我構造の特徴の一つは、自分の所属する集団の目標活動と内部の人間関係に深い親和感をもち、自分の自我を集団と一体化させ、そこに『集団我』とでも呼べる部分を形成することである。（中略）集団との一体化は、先にあげた集団依存主義と運命依存主義とに結びつき、集団の運命と個人の運命とを同一視する意識を生む。これが運命共同意識であり、集団を運命共同体として受けとる意識である」

「集団我」というのは、鋭い言葉だと思います。

南氏は、「集団我」を持つことによってどうなるかをこう書きます。

「自我は集団我をふくんで拡大強化される。そうして集団のもつ決定力を、自己の決定力と思いこみ、集団の実行力を自分の実行力と見なすようになり、自我は集団我によって強化されることで、個人の決定不安を一応解消することができる」

僕はNHK BS1で『cool japan』という番組の司会を12年ほど続けています。外国人の目から見た「クールな日本」と「ノットクールな日本」を発掘する番組です。

先日、「将棋」を特集しました。全国にアマチュアのいろいろな大会があるのですが、「個人戦」だけではなく、「団体戦」という部門があります。例えば5人一組で出場して、全体の勝ち人数を競うのです。

取材した中学・高校の将棋部の学生達は、全員が口をそろえて「団体戦の方が個人戦より好き」と答えていました。将棋のような個人の戦いであっても、団体で戦うと、「いつもより何倍もの粘りがでる」とか「がんばれる」と答えるのです。

これは「集団我」によって「自我」が強くなっている例です。

「集団我」が効果的に発動すると、例えば「駅伝」で、自分一人のマラソンでは想像もつかない頑張りができて、自分で自分の結果に驚く、なんてことが起こります。「集団我」が悪く働くと、大勢だと威勢がいいが、一人になると何もできない人間になります。

日本人が「集団我」というものを持ちやすい国民なのは、アジア型の農耕社会で「世間」が生まれ、孤立した島国という地理的要因で、異文化の侵略を受けにくかったという理由だと思います。だから、東南アジア型の「世間」よりもはるかに強固な「世間」が形成されたと考えられます。

中国や中国の近隣諸国のように、何度も異国に侵略され、文化的に蹂躙《じゅうりん》された経験があれば、「世間」は所与のものだとは思わなかったはずです。与えられたシステムは自分達が求めたものではないので、変革すべきだと戦ったはずです。

けれど日本では、違う言語を話す異文明に蹂躙された経験がないので、「世間」は所与のものだと思うことが当り前になり、集団依存主義と運命依存主義が生まれたのです。

もうひとつ、日本人を苦しめたのが、異国の異文化や異教徒ではなく、自然災害だったということが、じつは「所与性」を生む原因だったのではないかと僕は思っています。

明らかに違う言語を話す異文明に侵略されれば、それを甘んじて受け入れることは難しく、目の前に具体的な敵がいれば、人は戦います。

けれど、それが、地震や台風、大雨、日照り、津波などの災害なら、人はそれを受け入れるしかなくなるのではないかと思うのです。

それも、台風は毎年やってきて、地震も頻繁に起こるという生活だと、ひとつひとつに対して、一神教の信徒のように「神よ、なぜに試練を与えたもう」と問いかけている場合ではないと、少々飛躍と取られるかもしれませんが、思うのです。

神に問いかけるのは、信じられないことが少数回起こるからです。突然、愛する人が死んだとか、侵略されて国民全体が捕虜になったとか、未曾有の大洪水が起こったとか、一回または少数回の深刻なことだからこそ、深く神と対話しようと思うのです。

けれど、自然が豊かで、それゆえに自然災害が多い日本という国では、山には山の神がいて恵みと災いを人々に与え、海には海の神がいて恵みと災いを、川の神も雷の神も雨の神もいると思わなければ、たった一つの神がこんなに試練を与えるという考え方は、受け入れられなかったのではないでしょうか。

毎年の台風や日照り、地震が、たったひとつの神による日本人に対する試練なら、日本人はどんなひどいことをして、罰を受けることが当然の民族なのかと混乱するはずです。たくさんの神がいて、それぞれに活動をするから、毎年の自然災害は受け入れられたのだと思います。

そして、だからこそ、強力な一神教が生まれなかったのです。


日本人は与えられたものを受け入れる。それが美徳とも思われている。「世間」が機能していた時代は、どんなことを言われたり命令されても「巡り巡ればあなた自身のため」だという信頼があった。

その記憶が、例えば、私達日本人が「人の頼みを断る時」に感じる苦悩の源泉ではないかと僕は思っています。欧米人の断り方との一番の違いは、相手の申し出やアドバイスを否定したり断ったりする時、日本人は原罪にも似た（人によっては微かな、またはとても大きな）痛みを感じることです。欧米人のように、にっこりと微笑みながら、気楽に断ることがなかなかできない理由はこれだと思っているのです。

逆に言えば、私達日本人は、自分が生きる「世間」の中で、精一杯、その世間に相応しい人間として振る舞おうとするのです。

特攻前夜の暗い瞳

前述した角田和男氏の『修羅の翼』には、こんな記述があります。

初めて特攻隊の直掩を命じられた角田操縦士は、出撃前の特攻隊の若者を見ます。彼らは、角田氏がまずいと感じた稲荷寿司の缶詰を「実に旨そうにまるで遠足に行った小学生のように嬉々として立ち喰いしている。しかし、約半数の者はサイダーだけ飲んで、あとは、『おい、俺はとても喉を通らないぞ』と見送りの整備員にいたずらっぽく渡して」いました。

彼らは、その日、特攻に出撃し、中型、小型空母に体当たりして帰らぬ人になります。

その夜、士官宿舎では、戦果をビールで祝うにぎやかな宴会が始まりますが、角田氏は昼間の若い特攻隊員の光景が目の底に焼きついて笑う気になれず、士官宿舎を辞します。

直掩を務めた別の中尉も同じ気持ちらしく、今日は士官宿舎では寝られそうもないから、兵舎に行って搭乗員室で寝ようと決めます。

兵舎に近づくと、「ここは士官の来るところではありません」と入室を止められます。角田氏は、止めた男を知っていたので事情を聞きました。搭乗員宿舎の中を士官に見せたくないからと、彼は言いました。「特に飛行長には見られたくないので、交代で立番をしているのです」

角田氏は「分隊士なら宜しいですから見て下さい」と言われてドアを開けます。

「そこは、電灯もなく、缶詰の空缶に廃油を灯したのが三、四個置かれていた。薄暗い部屋の正面にポツンと十人ばかりが飛行服のままあぐらをかいている。そして、無表情のまじろっとこちらを見つめた眼がぎらぎらと異様に輝き、ふと鬼気迫る、といった感じを覚えた」

左隅には十数人が一団となってひそひそ話していました。角田氏は、部屋を出て、さきほど自分を止めた男に聞きました。正面にあぐらをかいているのは特攻隊員で、隅にかたまっているのは普通の搭乗員だと説明されました。

角田氏は思わず早口で質問します。

「どうしたんだ、今日俺達と一緒に行った搭乗員達は、みな明るく、喜び勇んでいたように見えたんだがなあ」
「そうなんです。ですが、彼らも昨夜はやはりこうしていました。眼をつむるのが恐いんだそうです。色々と雑念が出て来て、それで本当に眠くなるまでああして起きているのです。毎晩十二時頃には寝ますので、一般搭乗員も遠慮して彼らが寝るまでは、ああしてみな起きて待っているのです。しかし、こんな姿は士官には見せたくない、特に飛行長には、絶対にみんな喜んで死んで行く、と信じていてもらいたいのです。だから、朝起きて飛行場に行く時は、みんな明るく朗らかになりますよ。今日の特攻隊員と少しも変わらなくなりますよ」

角田氏は驚きます。今日のあの悠々たる態度、喜々とした笑顔、あれらが作られたものであったとすれば、彼らはいかなる名優にも劣らない。しかし、昼の顔も夜の顔もどちらも本心であったのかもしれない。

角田氏は、割り切れない気持ちを残して、またトボトボと明るい士官室へと引き返して行きました。

これは特攻が始まったばかり、10月の終わり、フィリピン戦ですから、まだ「海軍」という「世間」は十分機能していると思います。だからこそ、特攻隊員達は、気丈に明るく振る舞おうとしたのです。そして、それは『神風特別攻撃隊』を書いた中島飛行長のためだと思ったのです。

特攻隊員達の胸中を思うと身が震えます。夜の気持ちと昼の気持ちを共に抱えて、どれほど苦しかっただろうと思うのです。

沖縄戦になって、「海軍のバカヤロ」という無線が打たれ始めたのは、「海軍」という「世間」が壊れ始めたからです。「海軍」という「世間」には生きていないと思った予備学生出身の士官は、苛立ちを隠す必要がないと思ったのです。

現代の「所与性」の形

「命令した側」からすれば、「世間」の「所与性」とは、「現状維持が目的」ということになります。ずっと続いていることを、無理に止めることはない。自分はそれを止める立場にはない。そもそも、続いていることは、止めることより、続けることの方が価値があるのだ、という思いこみが「所与性」の現れです。

美濃部少佐が、どんなに「全機特攻化」の愚かさを主張しても、誰も率先して中止と言い出さなかったのは、その例です。「世間」の中に生きている自分は、「世間」の掟を変える立場にはないと、みんな思うのです。

ここでこの例を出すと、反発する人もいるだろうと分かっていますが、書きます。

僕は毎年、夏になると、「いったいいつまで、真夏の炎天下で甲子園の高校野球は続くんだろう」と思います。地方予選の時から、熱中症で何人も倒れ、脱水症状で救急搬送されても、真夏の試合は続きます。

10代の後半の若者に、真夏の炎天下、組織として強制的に運動を命令しているのは、世界中で見ても、日本の高校野球だけだと思います。

好きでやっている人は別です。組織として公式に命令しているケースです。重篤《じゅうとく》な熱中症によって、何人が死ねば、この真夏の大会は変わるのだろうかと僕は思います。

こう書くと、「純真な高校球児の努力をバカにするのか！」とか「大切な甲子園大会を冒瀆するのか！」と叫ぶ人がいます。

僕は「命令された側」の高校球児を尊敬し、感動します。もちろん、大変だなあと同情しますが、けなしたり悪口を言うつもりはまったくありません。

問題にしたいのは「命令した側」です。

ですが、怒る人は、「命令した側」と「命令された側」を混同するのです。「命令した側」への批判を、「命令された側」への攻撃だと思うのです。

その構図は、「特攻隊」の時とまったく同じです。

僕が問題にしているのは、徹底して「命令した側」です。

毎年、日本の夏が厳しさを増していることはみんな気づいています。亜熱帯と呼んでもいい気候になっていることをみんな知っています。大人達の記憶の中の夏は、こんなに暴力的に暑くはなかったのです。

けれど、いつものように、炎天下の試合は続きます。甲子園大会は所与のものだからです。昼の12時から3時までは試合を休止しようとか、ナイターをスケジュールに入れようとか、そもそも真夏を外して秋にしようとか、そういう提案を主催者側がしているという話を僕は聞いたことがありません。大人達は、誰も言い出さないまま、若者達に命令するのです。それもまた、とても、特攻隊の構図と似ていると感じます。

そして、高校野球だけが問題なのではなく、みんななんとなく問題だと思っているのに、誰も言い出さないから「ただ続けることが目的」となっていることが、この国ではとても多いのじゃないかと僕は思っているのです。

美濃部少佐のように、論理的に分析して、何が必要かを堂々と言えるようになりたいと思います。少なくとも、「夏を乗り切るのは根性だ!」とか「死ぬ気でやれ!」とか、精神論だけを語る人間にはなりたくないと思うのです。

当事者ではない人間の怖さ

『語られざる特攻基地・串良』の中に、こんな記述があります。

1967年(昭和42年)、著者の桑原敬一氏は、イタリアのテレビ局から、特攻隊に関するインタビューを受けます。著者も所属する予科練出身者の親睦団体『雄飛会』に連絡があったのです。

多数の予科練出身者が集まる中、インタビューが始まります。大勢集まった中で特攻隊体験があるのは、著者の桑原さんだけでした。

インタビューに答えて桑原さんは正直に、「私の場合は形式的には志願ということになっているが、実際は指名、つまり、命令であった」と答えました。

死ぬことに恐怖はなかったのかと聞かれて、「ほんとうに死を恐れない人間がいるだろうか。特攻出撃までの日々は、苦悩そのものとのもう一つの闘いで、体験した者のみが知る複雑で悲痛な心境であった。私は本音を言えば死にたくなかったし、怖くなかったと言えばうそになる。しかし、軍人である。命令は鉄の定めだ。悲しい運命とただ諦めるより仕方がなかった」。

これは、戦後、桑原さんが人に聞かれるたびに答えてきたことでした。

けれど、集まった人達から、たちまち非難が乱れ飛び始めました。

「死ぬのが怖かったとは何事か！」

「情けないことを言うな！」

「予科練の面汚しだ。取り消せ！」

大騒ぎになり、スタッフが静かにして欲しいと求めて、インタビューは続きましたが、桑原さんはとても気まずい思いをして終わりました。

僕が驚くのは、声を上げている人は、誰も特攻隊員ではなかったということです。やがて特攻隊員になると予想はしていたでしょうが、それと、「特攻隊員として命令を受けて、実際に出撃した」ことは全然違います。

なのに、特攻体験を唯一語れる人を面罵《めんば》できるというのは、この問題がじつに複雑でやっかいだということを表していると思います。

別の集まりの時は、特攻の遺族の人達に対して、桑原さんは自分の場合だがと前置きして「外面を見て淡々として征ったとか、笑顔で征ったとか言うが、それは慰め言葉であって、けっして真実を伝えていない。特攻出撃はそんな淡白なものではない。生きとし生ける者が、生死について、もう一人の自分との果てしない抗争という地獄を体験したうえで、どうにもならない諦めの心境で、最後の修羅場へ飛び込んでいったのである。そういう人が多かったということをぜひ知っておいてほしい」と答えました。

すると周りの視線がなじるように注がれ、予科練の同期生の一人は、半ばからかい、半ば制するように言いました。

「桑原は、復員後大学教育を受けているので知恵がつきすぎています。あの当時は、だれもそんなわだかまりを持った人はいませんでした。みんな淡々として出撃しました」

この発言をした人間は、もちろん、特攻を体験していません。体験者でなかった者が、体験者を押しのけて、何を根拠にこうも断言できるのだろうかと、桑原さんは憤慨するのです。


桑原さんは、特攻隊員を5つに分類します。
一　昭和二十年二月十六日の聯空総隊（練習聯合航空総隊）司令官の命により、特攻隊が編成され、隊員（指名、志願）となって所属航空隊で特攻訓練に入った者。
二　訓練は受けたが、所属航空隊に残留した者。
三　所属航空隊を離れ、特攻基地に進出、出撃待機にあった者。
四　出撃したが、なにかの理由で帰投もしくは不時着で生き延びた者。
五　出撃し、再び帰ることのなかった戦死者。
桑原さんは四に当てはまります。抗議の声をあげた人は、そもそも特攻隊員ではないので、どれにも当てはまりません。

それなのに、怒るのです。特攻はとてもナイーブで複雑な問題なのだと分かります。「命令した側」と「命令を受けた側」と、もうひとつ「命令を見ていた側」があったということです。

一般論を語れば、どんな社会的な運動も「当事者」より「傍観者」の方が饒舌になります。思い入れを熱く語るのは、当事者になれなかった傍観者、または当事者になりたかった傍観者です。当事者は、思い入れがありすぎて、自分の体験が整理できなくて沈黙しがちになります。特攻体験はもちろんですが、「学生運動体験」も「新興宗教体験」も、熱く語るのは、運動や組織の周辺にいた傍観者で、当事者は抱え込むのです。

けれど、真実は当事者の言葉の中にあるのです。重い口を開いて語る当事者の思いが、歴史の闇に光を当てるのです。

が、戦後、72年たちました。

桑原さんを罵った人達は、みんなお亡くなりになっていきます。各地にあった『雄飛会』のような親睦団体は、ぞくぞくと参加者の高齢化・死亡によって解散しています。

それは、貴重な肉声が失われていくことではありますが、同時に、冷静に「特攻」を考えられる時期が来たということでもあります。

10年前だと、僕のような戦争未体験者が、自分の判断で「特攻」について文章を書くことはできなかったんじゃないかと思います。佐々木友次さんも、まだ答えてくれなかったんじゃないかとも思います。

ここまで来て、ようやく冷静に「特攻」を考えられるようになったのです。関係者が生きている生々しい議論ではなく、歴史の中に位置づける日本文化と戦争の研究になるのではないかと思うのです。

2016年9月19日、テレビ朝日の『報道ステーション』を見ていたら、自衛隊の「駆け付け警護」に関するアンケートが自衛隊で行われたと報じられていました。

南スーダンでの駆け付け警護への参加に対して、「1熱望する　2命令とあらば行く　3行かない」という三択で、3に丸をつけると、個人的に上司に呼ばれて「なんで行けないんだ?」とえんえん問いつめられたと、匿名の自衛隊員は語っていました。そして、結局、2と答えたと。

1944年と2016年が一気につながった瞬間でした。

おわりに

佐々木友次さんは、2016年2月9日、午後7時55分、92歳で札幌の病院で呼吸不全のため亡くなられました。

僕が最後にお会いした2ヵ月後でした。

12月にお会いして以降、病院で疥癬《かいせん》がはやり、面会が禁じられてしまいました。娘の美智子さんの話によると、体力もどんどん落ちてきて、会話も難しくなっていたそうです。

病床で友次さんは、美智子さんに「こんなふうにして死んでいくんだなあ」とつぶやいたそうです。

フィリピンの空や海ではなく、ジャングルでもなく、札幌の病院で死を迎えられた佐々木友次さん。

当別町にある友次さんのお墓には、次の文字が刻まれています。

哀調の切々たる望郷の念と

片道切符を携え散っていった
特攻と云う名の戦友たち
帰還兵である私は今日まで
命の尊さを噛みしめ
亡き精霊と共に悲惨なまでの
戦争を語りつぐ
平和よ永遠なれ

鉾田陸軍教導飛行団特別攻撃隊
佐々木友次

これは、佐々木さんがまだご存命の時に、友人と相談して作られた文章です。

あと何回かお会いして、もっと話を聞きたかったと思いました。けれど、亡くなられる3ヵ月前にお会いできただけでも奇跡だったのかと思います。

僕が上松プロデューサーに佐々木さんのことを話すのが1年遅れていたら、そして、上松プロデューサーと御手洗スタッフのエネルギッシュな行動がなければ、『青空に飛ぶ』

という小説も、この本も生まれなかったのです。

会いに行くのが、あと2ヵ月遅れていたら、もう体力がなくなられて会話にならなかったのです。

奇跡のような偶然で、僕は佐々木さんと会えたのだなあと思います。

21歳の若者が、絶対的な権力を持つ年上の上官の命令に背いて生き延びることを選んだ。それがどんなに凄いことなのか。

僕が21歳の時にそんなことは絶対にできなかっただろう。間違いなく挫《くじ》けて、諦めて、絶望していただろう。

多くの人に佐々木友次という人がいたことを知って欲しい。多くの日本人に、こんな特攻隊員がいたことを知って欲しい。

佐々木さんの存在が僕と日本人とあなたの希望になるんじゃないか。

そう思って、この本を書きました。

鴻上尚史

講談社現代新書　2451

不死身《ふじみ》の特攻兵《とつこうへい》　軍神《ぐんしん》はなぜ上官《じょうかん》に反抗《はんこう》したか

二〇一七年一一月二〇日第一刷発行　二〇一八年一月二六日第八刷発行

著　者　鴻上尚史《こうかみしょうじ》

発行者　鈴木　哲

発行所　株式会社講談社

東京都文京区音羽二丁目一二―二一　郵便番号一一二―八〇〇一

電　話　〇三―五三九五―三五二一　編集（現代新書）
〇三―五三九五―四四一五　販売
〇三―五三九五―三六一五　業務

装幀者　中島英樹

印刷所　凸版印刷株式会社

製本所　株式会社国宝社

定価はカバーに表示してあります　Printed in Japan

N.D.C. 210.75　292p　18cm
ISBN978-4-06-288451-8

「講談社現代新書」の刊行にあたって

教養は万人が身をもって養い創造すべきものであって、一部の専門家の占有物として、ただ一方的に人々の手もとに配布され伝達されうるものではありません。

しかし、不幸にしてわが国の現状では、教養の重要な養いとなるべき書物は、ほとんど講壇からの天下りや単なる解説に終始し、知識技術を真剣に希求する青少年・学生・一般民衆の根本的な疑問や興味は、けっして十分に答えられ、解きほぐされ、手引きされることがありません。万人の内奥から発した真正の教養への芽ばえが、こうして放置され、むなしく滅びさる運命にゆだねられているのです。

このことは、中・高校だけで教育をおわる人々の成長をはばんでいるだけでなく、大学に進んだり、インテリと目されたりする人々の精神力の健康さえもむしばみ、わが国の文化の実質をまことに脆弱なものにしています。単なる博識以上の根強い思索力・判断力、および確かな技術にささえられた教養を必要とする日本の将来にとって、これは真剣に憂慮されなければならない事態であるといわなければなりません。

わたしたちの「講談社現代新書」は、この事態の克服を意図して計画されたものです。これによってわたしたちは、講壇からの天下りでもなく、単なる解説書でもない、もっぱら万人の魂に生ずる初発的かつ根本的な問題をとらえ、掘り起こし、手引きし、しかも最新の知識への展望を万人に確立させる書物を、新しく世の中に送り出したいと念願しています。

わたしたちは、創業以来民衆を対象とする啓蒙の仕事に専心してきた講談社にとって、これこそもっともふさわしい課題であり、伝統ある出版社としての義務でもあると考えているのです。

一九六四年四月　野間省一

政治・社会

1145 冤罪はこうして作られる　小田中聰樹
1201 情報操作のトリック　川上和久
1488 日本の公安警察——青木理
1540 戦争を記憶する——藤原帰一
1742 教育と国家——高橋哲哉
1965 創価学会の研究——玉野和志
1969 若者のための政治マニュアル——山口二郎
1977 天皇陛下の全仕事——山本雅人
1978 思考停止社会——郷原信郎
1985 日米同盟の正体——孫崎享
2053 〈中東〉の考え方——酒井啓子
2059 消費税のカラクリ——斎藤貴男

2068 財政危機と社会保障——鈴木亘
2073 リスクに背を向ける日本人　山岸俊男／メアリー・C・ブリントン
2079 認知症と長寿社会——信濃毎日新聞取材班
2110 原発報道とメディア——武田徹
2112 原発社会からの離脱　宮台真司／飯田哲也
2115 国力とは何か——中野剛志
2117 未曾有と想定外——畑村洋太郎
2123 中国社会の見えない掟　加藤隆則
2130 ケインズとハイエク　松原隆一郎
2135 弱者の居場所がない社会　阿部彩
2138 超高齢社会の基礎知識　鈴木隆雄
2149 不愉快な現実——孫崎享
2152 鉄道と国家——小牟田哲彦

2176 JAL再建の真実——町田徹
2181 日本を滅ぼす消費税増税——菊池英博
2183 死刑と正義——森炎
2186 民法はおもしろい——池田真朗
2197 「反日」中国の真実——加藤隆則
2203 ビッグデータの覇者たち——海部美知
2232 やさしさをまとった殲滅の時代　堀井憲一郎
2246 愛と暴力の戦後とその後——赤坂真理
2247 国際メディア情報戦——高木徹
2276 ジャーナリズムの現場から　大鹿靖明 編著
2294 安倍官邸の正体——田﨑史郎
2295 福島第一原発事故 7つの謎　NHKスペシャル『メルトダウン』取材班
2297 ニッポンの裁判——瀬木比呂志

Ⓖ